KB074426

먼 길—
나에게로
돌아오는
길

박수자 산문집

창조와 지식

그대에게

가는 길이

먼 길 인줄 알았더니

나에게로

돌아오는 길이

먼 길 인 것을

- 시 〈먼 길〉

차례

3장
여자는
허들을 넘는다 _101

4장
책과 잘 놀았다 _137

5장
**길에서
길을 묻다** _177

프롤로그

시를 썼다. 시는 압축하고 은유로 내 마음을 독자에게 보낸다. 시를 쓰고 난 뒤 늘 옹알이로 남는 말은 앙금이 되었다. 그것들은 손가락으로 툭 치기만 해도 부옇게 올라와 촉수를 건드리고 현재를 바꿔 놓았다. 하고 싶은 말을 우물거리고 억지로 삼킨 뒤의 답답함은 개수대로 흘려보냈다. 그래도 올라오는 말들을 산문이라 이름 붙이며 썼다.

글도 나이를 먹고 주름이 지나 보다. 이제 그 이야기를 풀어내어 흘려가게 내버려 두기로 한다. 어디로 또 누군가에게 닿아 "아, 나도 이랬어, 아님 이게 뭐야" 하고 내침을 당해도 나는 나의 이야기를 할 것이다. 책이 나오기 전까지 나는 무슨 이야기는 쓰고 어떤 것은 써 놓고도 끝내 빼게 되리라. 어쩜 꽁꽁 싸매고 비밀처럼 간직한 내 말들이 터질 줄도 모른다.

그럼 어떤가, 그게 내 이야기고 나인 것을. 늘 미진했던 내 생각에 물길을 터주고 또 그걸 한 사람이라도 공감해주면 되는 것이 아닌가! 살아온 날 것 그대로의 이야기를 쓰기로 하니 마음이 편하다.

젊은 날은 세상으로 나아가고 싶었다. 또는 사람에게로 나아갔다. 여기가 아닌 저 곳이, 그 사람이 내 꿈이고 이루어야 할 세계 같았다. 그러나 이젠 안다. 결국 내가 디뎠던 한 걸음이, 네게 몰두한 십 분이 내 인생임을 안다.

모든 희망과 절망 시련이 있어 그 길 또한 내게로 돌아오는 길이었다. 아이였고, 소녀였고. 청춘이었던 시간을 돌고 돌아 마침내 나를 만났다. 나에게로 닿는 길 에서 내가 느낀 것들, 내가 만난 사람들의 이야기를 하기로 했다. 지금 쓰는 이 글이 동시대를 살아온 우리들의 이야기 숙이, 옥이 순이 자야 이야기였음 좋겠다. 모든 결핍은 네게 힘이 되었다.

2021년 가을에
박수자

먼 길 ㅡ

나 에 게 로

돌아오는 길

아직도
질문인
것들

1

나는 왜 글을 쓰는가?

　비닐 카바에 들어있는 크레용, 손잡이가 있는 36가지 크레용은 나의 꿈이었다. 하늘색은 늘 빨리 떨어졌다. 어느 날 아예 하늘색이 없어 회색 하늘을 잔뜩 칠하고 학교 선생님에게 혼이 났다.

　중학교 음악 실기 시간에 노래를 불러 95점을 받았다. 그 사건으로 방과 후 음악실에서 성악을 연습했다. 덕분에 교내 강당에서 발표를 하는 꿈같은 몇 개월 뒤 하루는 선배가 나를 구석진 곳에 끌고 가 머리를 쥐어박으며 말했다.

　"이 눈치 없는 인간아, 너도 렛슨비를 내 놔야시"

　정말 눈치 없는 나는 음악실에 가지 못하고 음악실 밑에서 문주란의 '동숙의노래'를 사흘간 큰 소리로 불렸다. 나흘째, 그 선배가 이층 음악실 창문을 열더니 양동이 물을 밑으로 쏟아 부었다. 나는 교복이 젖어 비 맞은 생쥐 꼴이 되어서야 포기했다.

연필과 종이만 있음 쓸 수 있어 글을 쓴다. 나를 표현하고 내가 누군지를 말 할 수 있는 도구로 글을 쓴다. 가난해도 할 수 있는 무언가를 가진 충만함이 있어 나는 글을 썼다.

중학교부터 고등학교까지 공납금 미납자의 꼬리는 자주 교실에서 쫓겨 나는 특혜?를 입었다. 더구나 그것이 시험기간이면 꽤 난감하다. 집에 가 봤자 돈이 없고 나는 그 시간을 주로 시립 도서관에서 보냈다. 월간지 여학생 학생기자를 하면서 종이와 펜만 있음 나도 나를 표현할 도구가 있음을 발견했다.

책을 쓰는 작가라는 직업이 있고, 책 속의 주인공이 있어 외롭지도 서럽지도 않았다. 책만 손에 들면 내가 가진 외부 조건은 신데렐라 구두처럼 밝아지고 환해졌다. 공납금이 없어 쫓겨 났다는 자격지심이나 여상을 다닌다는 현실도 견딜만 했다. 고등학교 때 교지를 편집 하면서 책과 노니는 무언가를 하는 꿈을 꾸었다. 한 오년 숫자만 다루는 직장 생활 끝에 결혼을 했다. 집을 떠나 다시 시작할 수 있는 신세계 같았던 결혼생활은 시부모와 살게 되면서 어려움에 봉착했다.

가난쯤이야 내가 나가서 맞벌이 하면서 노력하면 되었지

만 알 수 없고 적응이 도저히 되지 않는 것은 시어머니의 폭언이었다. 한 달이면 두어 번 반복되는 욕설과 패악 질에 나는 지쳐갔고 맞벌이를 계속 하기도 어려웠다. 한 낮에 갑자기 몰아치는 벌건 욕설을 듣게 되는 날은 잠을 잘 수가 없었다. 나는 모두가 잠든 시간에 일어나서 낮에 들었던 욕들을 싸인 펜으로 신문지에 썼다. 그리고 가스렌지 불에 종이를 태웠다. 수돗물을 털어 물에 욕들을 내려 보냈다. 그럼 숨이 평안해졌다.

가끔 진정한 시모에게 왜 그러냐고 물어보면 당신도 화를 멈출 수 없다고 오히려 하소연을 했다. 가장 믿었던 큰 아들이 미국에서 성공하여 집안이 모두 이민을 고려하고 있을 때, 권총강도 사건으로 그 아들이 현장에서 절명했다. 둘째 아들은 두 번의 베트남 참전으로 집에 돌아와서는 노름꾼이 되었다. 베트남에서 어떤 참혹함 일을 겪었는지 도무지 현실을 받아들이지 않고 전답을 다 팔아 노름빚을 갚게 하고 집안을 거들 냈다. 그리고 막내인 우리와 같이 살게 된 내력을 머리로는 시모를 이해 하지만 일상이 될 때 나의 결혼생활과 건강에 모두 경고등이 켜졌다.

시모에게 욕을 듣는 그대로 나도 욕을 적어서 물에 씻겨 내려 보냈다. 그러면 그 욕들이 나를 훼손시킬 수 없고 나는 다시 엄마로 사람으로 버틸 수 있었다. 그러다 여성잡지에 투고를 하게 되고, 백일장까지 외연을 넓히면서 나는 글을 썼다.

컨베어벨트 일을 하는 노동현장에서, 솜이 실이 되어 나오는 40도의 방직공장의 찜통더위 속에서도 나는 글을 읽고 썼다. 반도체 공정의 약품실에서 주머니에 펜과 접은 종이로 메모를 했다. 가끔은 이런 행동으로 같은 동료에게 왕따도 겪었지만 노동자예술 공모에 낸 시가 당선된 계기로 그들도 인정해 주었다. 이것이 계기가 되어 현장 직에서 사무실로 자리를 옮겼다.

그러니까 나는 글을 살기 위해 쓴 것이다. 어떻게든 내 자리를 지켜내야 했고 책을 읽고 쓰는 내 작업은 나의 실존을 지켜주는 유일한 자존의 비상구다. 열등감과 헛헛증을 극복할 수 있는 힘이자 사람에게 오는 상처도 책속으로 풍덩 들어가면 물렁해지고 견딜 만 했다. 혼자 한 줄의 글로써 정리하다 보면 광폭의 감정은 수굿해지고 가지런해졌다.

책을 읽고 글을 쓰는 시간은 내가 어디에 있고 무엇을 해야 하는지의 좌표다. 내 자존감의 원천이자 원동력이다. 결국 아이들과 책을 읽고 토론하고 글쓰기 선생으로 밥을 벌었다. 이 일로 자식들을 먹이고 가르치고 그토록 원하던 내 공부를 할 수 있었다. 마음껏 책을 사보고 좋은 사람과 밥을 사 먹을 수 있으니 이것이면 족하다.

그렇다. 나는 책을 읽고 글을 쓰면서 점점 더 괜찮은 사람이 되었다. 모든 것을 잃고도 글을 쓰면서 자신을 지킨 사람을 알고 있다. 혹한의 시베리아 수용소에서도 솔제니친은 '이반 데니소비치의 하루'를 썼다. 마르코 폴로와 세르반테스도 '동방견문록'과 '돈키호테'를 감옥에서 썼다. 아우슈비츠 수용소, 인간성이 상실한 곳에서도 빅터 프랭클은 '죽음의 수용소에서'를 썼다. 그들은 글로 자신을 지켰다. 글을 쓰는 것은, 사람다운 자유를 위한 몸짓이자 살아있음의 증거다.

도서관을 다니면서 항상 아침 9시면 열람실에서 소설을 읽다가 오후 5시면 돌아가는 노인을 몇 년 동안 보았다. 집에서 가져온 커피와 간식을 간간히 먹고 가벼운 운동을 하는 노인의 모습은 품위가 있었다. 몇 년 뒤 내 모습이면 좋겠다 생각했다. 긴 글이 어려워지면 그림책을 읽고 다시 동심을 품는 그림책을 쓰고 싶다. 벌써 가슴이 설렌다.

2

밥 이야기

배가 고팠다.

첫 딸을 낳고 여름이 시작되고 가을까지 수시로 배가 고팠다. 5월에 아이를 낳고 10월에 남편이 월급을 가져올 동안의 5개월의 배고픔은 주인집이 벌레 생긴 쌀을 널어놓은 것에서 두 번을 두 손을 모아 가져왔다. 도둑 질을 했다. 모유 수유중이라 젖을 한 번 물리고 나면 속이 다 빠져나올 것처럼 헛헛했다. 견디다 못해 쌀집에 가서 됫박 쌀을 외상으로 사정하다 거절당했다. 식빵 한 줄을 사고 보리차를 끓여 며칠을 버티기도 했다.

남편은 친정에 가서 조리를 하고 오라고 했지만 친정에 초라한 모습을 보이고 싶지 않았다. 시모는 딸을 낳았다고 손자 없는 당신 신세를 한탄하더니 일주일 지나서 바닥이 보이는 쌀을 보고도 그냥 떠났다. 구멍가게를 전부 빚으로 내주었 는데 그걸 접은 것도 다 며느리 탓으로 생각했다. 그러나 새 벽 5시에 일어나 장사를 해도 이자와 세를 주고 나면 아무것 도 남지 않았다. 더구나 가게 딸린 한 평짜리 방에서는 아이 를 키울 수가 없었다.

주인집이 춘천에서 국회의원을 오선 한 집이라 연못이 있 고 정원이 딸린 집이었다. 새댁인 내가 집을 잘 지키라는 뜻 에서 싸게 행랑채를 내 주었다. 어느 날 손님이 온 주인집은 정원에서 고기 파티를 했다. 아이와 같이 누워 있는데 그 소 고기 냄새에 나도 모르게 뚜벅뚜벅 걸어가 고기를 집어 먹을 것 같았다. 아이를 들처업고 급하게 집을 나와 동네를 돌아 다녔다.

요즘 누가 굶는가? 라고 말한다. 나는 아니다 라고 말하고 싶다. 자기 것이 없음 굶는 것이다. 뉴스에서 보는 방송작가 가 굶다가 죽었다는 뉴스와 모녀 세 사람이 생활고에 지쳐 유 명을 달리 한다는 뉴스에 살고 있다.

나는 27살에 보따리 장사를 시작했다. 동대문에서 옷을 떼다 동네시장에 팔았다. 새벽시장에 가서 옷을 한 보따리를 해서 아래를 내려다보았다. 한 상인이 아래를 내려다보며 소리를 쳤다.

"어이 지게"

나이 지긋한 노인이 올라오려고 하자 그 남자는 다시 소리를 쳤다.

"아니 당신 말고 그 옆에 아저씨"

짧은 순간이지만 노인의 어깨가 순간 더 굽어졌다. 나는 그 노인을 불러 짐을 맡겼다. 버스 정류장까지 가기 위해 먹거리 시장을 지났다. 나도 뭘 먹어야 할 것 같아 노인과 같이 백반을 먹었다.

밥과 해장국 한 그릇, 반찬은 큰 그릇에 담긴 것을 그냥 가져다 먹는 500원짜리 밥이었지만 노인은 콧물을 훌쩍이면서 먹었다. 버스 정류장에서 큰 보따리 때문에 버스를 두 번이나 놓치는 나에게 노인이 말했다.

"색시, 지개 꾼 쓸 사람도 아닌 것 내 알지. 내 밥값으로 짐이 있을 때는 말이야 머리 말고 발을 먼저 넣어야지"

나는 다음 버스를 탈 수 있었고, 그 이후로도 버스를 놓치지 않았다.

서울로 강의를 다니면 내게 가끔 차비나 밥값을 달라는 사람이 있다. 세종문화회관에서 용인으로 갈 차를 기다리고 있었다.

"저, 밥 사 먹게 오천 원만 주세요"

나는 반가워서 남자에게 말했다.

"오천 원으로 어떻게 밥 사먹어요"

나는 만원을 선뜻 건넸다. 남자가 입을 크게 벌리며 목젖이 보이도록 하하 웃었다. 밝고 환한 웃음이었다.

우리는 내 밥을 먹을 때 남의 밥을 생각해야 한다. 밥을 먹을 때 밥그릇 두껑에 손을 모을 때가 좋다. 그건 밥에 대한 경건한 의식이다.

"밥이 하늘이다"

함석헌 선샘님의 말씀처럼 밥 앞에 자신을 비춰 보는 정갈한 시간도 우리에게 필요하다. 배고팠던 몇 개월의 경험이 밥에 대한 내 의식을 바꾸어 놓았다. 혼자 먹는 밥은 별맛이 없다. 밥은 나누어야 하고 커피 몇 번 마시는 것 보다 밥 한 끼 같이 먹는 것이 빨리 친해진다.

스페인 성가족 성당을 갔을 때 주기도문의 한 문장이 모든 나라 말로 벽에 새겨져 있다고 했다. 나는 '우리 죄를 용서하시고'를 생각했다. 마음을 졸이고 찾아보았다.

'우리에게 일용한 양식을 주시고'

나는 두 손을 모았다. 이 성당을 지은 안토니 가우디가 이 문장을 정해 놓았다고 했다. 신도 사람들에게 밥이 충만한 세상을 원했다고 가우디는 주기도문을 해석했다. 이후 나는 주기도문을 읽을 때마다 이 문장이 점점 좋아졌다.

나는 내게 밥 사 달라는 사람이 좋다. 하지만 밥 가지고 장난치는 사람과 사건에는 역겨움을 느낀다. 특히 부유한 자가 약자의 밥을 뺏는 것에는 욕지기가 난다. 노동현장에서 잔업하고 먹는 야식이나, 야근 때 먹는 밤참인 라면을 먹을 때 나는 가장 떳떳했다.

내가 시장에서 쭈빗거리며 자리를 찾아 다툴 때 그들이 내 자리를 걷어 치울 때 나는 말했다.

"같이 밥 좀 먹고 삽시다"

억센 척 내 앞을 막아서는 그들은 자리를 내어 주기도 하고, 적어도 내치지는 않았다. 밥 앞에 사람들은 너그러워지고 힘을 얻는다. 밥은 참 힘이 세다.

3

아버지의 노래

아버지는 풍물놀이의 상쇠였다.

열일곱 살 되던 해에 청도 풍물대회에서 돼지 한 마리를 탈 정도로 자질이 있었다. 아버지가 바지 저고리위에 붉은 띠를 두르고 어깨위로 노란색과 남색 띠를 걸치고 머리에는 노랑, 빨간, 종이꽃을 단 고깔을 썼다.

청왕기를 앞세우고 아버지는 나팔 쟁이, 고등 쟁이, 징, 북, 장구 잽이, 색시, 양반, 포수를 거느리고 명절과 대 보름 날이면 마을을 돌면서 길을 나섰다. 온 동네는 축제로 들뜨고 나 같은 동네 조무래기들도 풍물 패를 하루 종일 따라 다니며 먹을 것을 해결했다. 아마 나는 상쇠 집 아이라 특별하게 떡을 챙겨 받고 동무들과 나누어 먹었다.

색시는 붉은 치마에 초록 저고리를 입고 여자고무신을 신고 손수건으로 수줍게 입을 가리고 얌전하게 걸었다. 양반은 흰 도포 차림에 머리에는 관을 쓰고 긴 담뱃대를 들고 허풍이 잔뜩 들어간 걸음걸이로 뒤짐을 진채 성큼성큼 걸었다. 포수는 긴 저고리에 검정색 바지를 입고 머리에 수건을 질끈 동여매고 어깨엔 망태를 짊어졌다. 그 속에는 토끼와 수꿩을 매달고 다니며 우리들에게 목총을 겨누며 익살스런 장난을 쳤다.

풍물에 흥이 오르면 모여든 사람들은 춤을 같이 추며 추임새를 넣고 돌아갔다. 그 때의 아버지는 경이로움 그 자체였다. 일곱 식구 밥줄이었던 마부의 추레함에서 벗어난 활기와 역동적 몸놀림이 힘차게 소리를 이끌어 갔다. 아버지의 빠르고 느린 장단에 다른 구성원들이 소리를 따라오는 모습이 아버지가 딴 사람 같았다. 그 순간만은 엄하고 무서운 아버지에서 다른 차원의 세계에 사는 사람으로 느껴졌다.

온 몸이 소리와 꽹과리에 반응하는 몰아일체의 신명으로 모두가 들떠 올랐다. 아버지의 변화무쌍한 즉흥사설이 이어지고 사람들은 추임새를 넣고 도착한 집 앞에서 지신밟기가 시작됐다.

"주인 양반 문 여소, 나그네 손님 들어간다."

아버지의 선창에 주인이 나와 문을 열어주면 집으로 들어

가 마당을 한 바퀴 돌고 대청마루 성주 기둥 앞에서 성주풀이
로 들어갔다.

"여루여루 지신아, 지신아 밟아 둘 두세"

상쇠의 선소리로 사설을 읊으며 그 뒤를 이어 풍물가락이
이어지고 차츰 고조 되면서 잦은 모리 가락으로 최고 정점에
도달하면 다시 가락을 풀어 먹였다.

아버지는 꽹과리 하나를 들고 경상도 전역을 누볐다. 그
런 아버지를 엄마는 뼈 속에 바람이 들어서라고, 이불속에 밥
그릇의 온기를 가두며 아버지를 기다렸다. 신 새벽, 아버지의
풀기 빳빳한 옥양목 두루마기 끝단이 코에 닿으면 아버지가
돌아온 것이다.

가끔 이불을 펴다 툭 떨어지던 밥주발 속의 삭은 밥알들
은 아버지의 부재를 말해주었다. 언제 돌아왔는지 등을 구부
리고 돌아누워 자는 아버지의 모습은 빛나고 찬란한 리듬이
끊긴 적막함이었다.

나는 그 때 어렴풋이 감지한 것 같다. 먹고 사는 것만이
다가 아닌 세계. 자신의 신명을 부릴 어떤 것. 무한한 떨림에
몸을 맡겨 본 자의 깊은 외로움이 있어야 쾌감도 동반한다는
것. 또한 그것이 현실과 얼마나 불화해야 가능한 세계 란걸

알아버린 게 아닐까.

　재작년, 엄마마저 이승을 떠난 이후, 내 유년의 집에서 동생과 부모님의 유품 정리를 하며 밤을 보냈다. 아버지의 노트를 발견했다. 청도차산농악의 성주풀이 선소리 모음이었다. 가까운 이들을 보내며 아버지는 조사를 썼나보다. 여러 편의 조사가 두루마기 한지 상태로 보관되어 있었다. 나는 그걸 챙겼다. 아버지는 마지막 까지 당신 신명의 끈을 놓지 않고 풍물가사를 정리해 놓았다.

　가끔 활자화 된 내 시를 소리 내어 읽는다는 아버지와 나는 그저 만나면 대면대면 하게 지냈다. 한번은 친정 간 김에 아버지와 청도 고향을 찾았다. 고향집 뒷산에 같이 오르자 하고는 양지 바른 쪽을 가리키면서 말했다.

"잘 봐둬라, 저기가 내 집이다"

　아버지는 지상에서 당신의 마지막 집을 보여주었다. 그리고 만족한 표정을 지었다.

　"혼자 놀기에 심심하지는 않을거야, 버스 다니는 것도 보이고 아랫마을이 훤히 보여서"

　"가시나라고 설움준 것 여기 와서 따질 텐데 심심하긴 글렀어요"

그 날 아버지와 나는 소주 한 병을 나눠먹고 성주풀이와 밀양아리랑 노래를 부르고 아버지 어릴 때 이야기를 듣다 돌아왔다.

아버지를 미워한 것만큼 형제 중 내가 많이 닮았다. 끼와 흥을 내림받았다. 나도 아버지처럼 전국을 돌며 길을 걷고 소리치다 다시 일상으로 돌아와야 내 안에 휘몰아치는 바람이 잦아졌다. 아버지도 당신 안에 풀어내고 싶은 소리와 가락으로 늘 자족하지 못하고 가장으로, 아버지로 힘들게 살았다.

나는 아버지처럼 현실에 비켜서고 싶지 않다. 나와 인연되어 온 가족 너머 다른 세계, 그게 비록 예술이라 해도 현실에 굳건히 발을 디디고 살아야 함을 안다. 결국 아버지가 내게 준 결핍이 나를 강하게 한 거름이고 아버지에게 받은 흥은 내 글쓰기에 자양분이 되었다.

나는 아버지로 만난 인연을 내려놓는다. 이제 한 사람 예인으로 기억한다. 영원한 상쇠였고 꽹과리 하나면 주변 모든 것이 빛나고 출렁이게 만들던 한 생명으로 그를 만난다.

4

곧, 없어질 아름다움

　장마철이 시작됐다. 빗소리에 새벽에 일어났다. 냄비에 물을 받아 가스 불에 얹고 짜이를 만든다. 맵고 알싸한 내음이 코를 자극시키고 살갗에 스미어 설국의 나라 네팔이 소환된다.

　상쾌한 공기, 야크의 느린 움직임, 당나귀 딸랑이 소리, 코로나로 여행을 떠나지 못하고 발이 묶여있을수록 낯선 바람과 공기에 대한 간절함이 풍선처럼 커진다. 겨울의 네팔 고사인쿤도(4380m) 너머 나야강가(5844m) 아래까지 간 여행이 힘들었지만 그립다. 비수기에 간 여행은 예상한 숙소가 문을 닫아버린 돌발 상황에서는 다시 5시간을 더 걸어야 했다.

　3500미터가 지나면 공기가 희박해져 고산증 약을 먹어야한다. 사람마다 약의 후유증은 다양한데 나는 손가락과 발가락 끝이 전류가 흐르듯 늘 저릿저릿 했다. 머리감기와 샤워는 환경도 불가능 했지만 고산증이 두려워 삼가야 했다. 씻지 못한 것이 20여일이 지나자 처음엔 가렵더니 차츰 피부는 더 깨끗해지고 매끄러워졌다.

영하 20도가 넘는 혹한에서 전혀 불기운이 없는 잠자리는 뜨거운 물주머니에 의지하는 형편이었다. 새벽에 물주머니가 식고 추위에 몸을 오그리고 있음 가이드가 들고 오는 짜이 한 잔이 있어 다시 일어났다. 네팔 여행 내내 하루에 서너 잔 씩 먹던 짜이가 며칠 전 선물로 왔다. 한국에서도 원조 짜이 맛을 내는 곳이 있다니 그것만으로도 나는 급 행복해 졌다.

"누이, 내년 이월에 네팔 가자. 만년설을 보며 짜이를 마시고 누이에게 휴식이 필요해"

"그래, 그 때가서 보자"

후배는 네팔 여행을 권하기를 서너 번 했다. 후배도 지역사회에서 풍물단을 이끄는 상쇠였다. 아버지의 후배를 보는 느낌으로 밥도 사주고 푸념을 들어주고 나는 늦깎이 공부와 단체장을 하면서 오는 스트레스를 주고받았다.

그 날 비가 내리고 후배와 저녁을 같이 먹고 호프집에서 맥주를 마셨다.

"누이, 술 한 잔만 더하고 가라"

비는 내리고 아침 일찍 학교를 가야 하는 나는 9시쯤 자리를 털고 일어났다.

그리고 그다음, 낯선 문자가 왔다. 후배의 부재를 알리는 부고였다. 지인들과 장례식장을 갔다. 결혼을 안했지만 10대 후배의 아들이 자리를 지키고 있었다. 그날 밤 자정 너머 도로를 건너다 교통사고가 원인이었다. 그는 내가 가고 나서 혼자 술을 먹었는지, 누굴 만났는지 취한 몸으로 밤길에 무단횡단을 하다 난 사고였다.

한 잔 더하자고 떼를 쓰던 후배의 갑작스런 죽음은 많은 걸 생각하게 했다. 나보다 젊음 죽음은 지금, 여기를 보게 한다. 문상을 가서 우리는 처음 본 후배 누나와 눈물바람을 하고 돌아왔다. 십대인 후배 아들의 침착한 모습이 우리 심장을 마구 찔려댔다.

생떽쥐베리의 '어린왕자'에서 지리학자에게 어린왕자는 자기별에 있었던 꽃을 기록해 달라고 한다. 지리학자는 꽃은 기록하지 못한다고 대답한다. 어린 왕자가 그 이유를 묻는다. 지리학자는 말한다.

"꽃은 순간이니까"

"순간이란 뭐예요?"

"곧 없어 질 위험이 있는 거란다"

오십 번도 넘게 이 책을 읽었지만 이 대목이 눈에 들어 온 건 후배가 떠난 뒤였다. 곧 없어질 위험에 있는 것들 이라니! 일출, 노을, 물안개, 무지개, 사랑, 파닥이는 모든 목숨들.

정작 꼭 챙겨야 할 사람들은 언제나 그 자리에 두고 우리 는 이해관계에 있는 사람을 만나기에 급급한다. 체면과 이런 저런 자리를 우선으로 정하고, 정작 가까운 사람이 내미는 긴 급신호에 무심하다. 살아가는 것이 시들해지고 도저히 마음 정리 안 되는 날이면 장례식장에 가서 커피 한 잔을 마신다.

때론 나보다 어린 사람의 떠남에 정신이 번쩍 든다. 차츰 나보다 젊은 사람을 먼저 보내는 소식들을 더 접하게 되리라. 나도 곧 없어질 위험에 처한 것일까? 끈적하고 묵직한 감정들 은 그때그때 정리하려고 한다. 나만의 처방전인 이 방법은 즉 시 효과가 있다. 웬만한 것은 가지런하게 정리된다.

오십에 나는 네팔을 갔다. 5400미터 까지 가서 빙하를 보 았다. 멀리서 보는 빙하와 가까이서 보는 빙하는 푸른얼음만 이 아니었다. 모래와 자갈이 뒤섞여 있었다. 삶도 이렇게 슬 픔과 기쁨, 그 사이에 수많은 그 날 그 날의 시간과 감정들이 녹고 다시 얼면서 한 생이 된다.

체력의 바닥을 드러낸 빙하 앞에서 나는 후배의 이름을 불렀다. 고맙다고, 덕분에 여길 왔다고 돌 몇 개로 탑을 쌓아 후배를 기억했다. 그 날 차라리 술을 더 먹고 헤어졌더라면 어땠을까? 십년간 나를 누르던 미안함을 바람에 실어 보냈다.

다시 장마철이다.

짜이를 마시며 지금, 여기를 생각해야지.

5

부엌이야기

"얼른 세수하고 소지 올리자"

나를 깨우는 큰엄마의 걸음새에 찬 공기가 맴돌고 있다. 음력 이월 초하루에서 스무날 사이에는 청명한 날을 골라 영동할매와 조왕신에게 재를 올렸다. 빈궁한 살림이라 흰 쌀밥과 나물 두어 가지의 나물과 첫닭이 울자말자 샘에서 길러 온 물 한 대접이 다였다.

영동할매 에겐 한 해 농사의 기원과 홍역손님을 달래줄 것을 부탁했다. 조왕신에겐 양 손으로 소지를 높이 날아 올라가며 액운들이 다 날라 가길 희망했다.

큰 집 뒤뜰엔 감나무가 있었다. 가을이 되면 그 감나무 밑에는 바가지를 만들다 실패한 쭈그렁바가지가 쌓였다. 가끔 못난이 바가지가 하나씩 없어지는 날에는 나는 부엌 옆으로 얼씬도 하지 않았다. 큰 엄마가 바가지를 엎어놓고 발로 밟아 깨서 솥에 물을 붓고 불을 지피는 것을 알고 있었다. 큰 엄마의 유일한 감정 해소의 비상구였다. 20대에 청상이 되어 수십 년을 시아버지와 유복자를 키우며 사는 그녀의 속은 숯이 아니었을까?

그래도 나는 큰엄마와 그 부엌에서 몽당 빗자루를 깔고서 회심가와 장화 홍련전을 듣던 둘만의 비밀 공간 이었다. 타다 남은 숯에 계란껍질로 밥을 해먹던 가난한 낭만을 배운 곳도 그 부엌이었다.

결혼 후 손윗동서와 인사를 나누고 얼굴을 익힌 곳은 안방이 아닌 부엌 이였다. 겨울 생일상을 차릴 때 동치미 그릇이 주르르 미끄러지는 난감함을 같이 공유하며 같은 편이 된 곳도 부엌이다. 시모가 이태 전에 돌아가시기까지 내가 시집에 도착하면 먼저 익숙한 곳은 거실보다 부엌으로 가서 개수대에 묵은 때를 벗기는 일이었다.

여자들의 공간인 부엌이 변했다. 넓은 공간과 깨끗한 씽크대. 틀면 시원하게 쏟아지는 수돗물, 이제는 음식이 냉장고를 나올 일도 별로 없다. 나날이 주방기구들은 편리하고 진화하고 발전했다. 그런데 우리는 부엌에서 음식을 하지도 않고 가족들과 마주 앉아 먹는 햇수가 줄였는데도 주방은 크게 더 크게 넓어지고 있다. 각자 자기 방에서 각자 핸드폰으로 자기 세계에 몰두하는 모습을 많이 본다.

버지니아 울프가 살던 시대에 여성의 글쓰기는 부엌 한편, 자신이 앉은 무릎 이였다. 남들이 볼까봐 자수 놓기를 빙자해 글을 썼다는 '폭풍의 언덕'의 작가 에밀리브론테의 책 쓰기의 현장은 늘 불안했다. 그래서 그 시대의 여성 작가의 글에는 그늘이 많다고 한다.

나는 학생 집에 갈 때마다 각 방의 책들을 부엌으로 가져와서 부엌의 식탁을 공부방과 거실로 활용 하라고 조언한다. 가족들 모두가 모여 책 읽고 숙제하고 음식을 만들어 먹는 공동의 공간을 제안한다. 넓은 집에서 각자 방에 들어앉아 음식을 먹어야 한다면 부엌은 그야말로 불을 사용하는 공간일 뿐이다.

집에는 개인의 공간과 공동의 공간이 필요하다. 방이 개인의 공간이라면 부엌은 공동의 공간이다. 거실은 TV가 있어서 서로 표정을 살필 수 없고 서로에게 집중할 수가 없다.

어린 날 큰 오빠에게서 밥 하는걸 배웠다. 물을 맞추고 뜸을 들이는 시기, 그리고 불 조절 법을 부엌에서 전수 받았다.

빚쟁이에 안방을 내어주고 숙제를 부엌에서 하면서 우리는 결핍을 견디는 힘을 얻었다.

밥을 먹는 것은 결속을 다지는 시간이고, 관계에 밀도를 올리는 행위다. 끓는 소리와 자작이는 움직임과 김이 힘차게 뿜어 나오는 부엌은 소리의 화음을 감상하는 최적의 공간이다. 나는 글이 서걱이고 건조해지면 부엌일을 한다. 상추를 씻어 물기를 털어내고 둥근 양파 껍질을 벗기며 무늬에 감탄하고, 무의 연두 빛을 감상한다.

주말에 집에 있음 아파트 마당에 연달아 오토바이가 들이닥친다. 배달되는 음식이다. 부엌은 점차 이야기를 잃어가고 있다.

6

아줌마, 늦깎이가 되다

"학부모는 여기까지 들어오심 안돼요"

97년 수능 치는 날, 수원의 한 고등학교 교문을 들어서는 나를 경찰이 막아섰다.

"죄송해요, 늦게 와서"

나는 주머니 속에 수험표를 꺼내 보여 주었다. 경찰은 나를 향해 주먹을 불끈 쥐어 보이며 파이팅을 외치고 돌아섰다.

교실로 들어갔다. 딸 또래의 아이들이 호기심으로 쳐다본다.

"안녕? 우리 시험 잘 보자"

자리에 앉아 마음을 가리앉힌다. 74년, 그 해 예비고사, 79년 그 해 학력고사, 오늘 수능까지 참 지난한 시험의 과정이다. 그때마다 집안의 가난이 가로막았고, 오빠의 복학이 우선이었다. 이제 내 힘으로 대학 갈 수 있는 조건을 내가 만들어 여기 있음에 행복했다.

첫 시간 언어에 승부를 걸어야 한다. 듣기부터 찬찬히 풀어 나갔다. 시와 소설과 비문학은 익숙한 지문이 많아 쉬웠다.

수학시간은 아예 포기한 과목이라 시간을 봐가며 -1, +1, 0처럼 간단한 수만 문제에 대입 시켜서 풀어갔다. 20분쯤 시간이 지나자, 아이들이 하나 둘 책상에 엎드려버린다. 시험 감독관은 끝나기 20분전부터 아이들에게 일어나서 마킹이라도 하라고 채근한다. 시험이 끝나고 한 아이가 호기심 가득한 얼굴로 내게 말을 건다.

"어머니, 수학 어떻게 풀었어요"

"풀긴 뭘 풀어, 찍었지"

주변 아이들이 까르르 넘어간다. 오전 내내 방어벽이었던 세대 간의 긴장이 일시에 무너진다.

아이들은 마지막 과학 시험을 앞두고 쉬는 시간에 화장하기에 바쁘다. 성냥불을 켜고 바로 끈 성냥개비를 가지고 속눈썹을 올리는 기상천외한 화장법이 등장한다. 아이들은 얼굴에 비비크림을 문지르고 아이샤도우를 칠하고, 오늘은 밤새 놀 거라고 달떠 있다. 아침에 교문 밖에서 본 엄마들의 간절한 심정은 아이들에게는 없다. 시험 결과가 어떻게 나오던 지겨운 시험의 무게로부터 빨리 해방되는 게 좋을 뿐이다.

시험이 끝나고 수원 시내를 천천히 걸었다. 여러 가지 생각이 겹쳤다. 중2때 큰오빠가 하던 대구 선문시장 비단 포목점이 부도가 났다. 빚쟁이들이 안방을 차지하고, 우리는 부엌에서 숙제를 했다. 인문계 고등하교에서 당연히 여상으로 진로를 선택하는 것이 최선이었다.

결혼하고 다시 일이 필요한 나에게 주어진 일은 식당이나, 공장 컨베어벨트에서 하는 단순작업이었다. 그저 나는 신체 건강한 30대 여자였다. 식당에서 일을 하고, 빼빼로가 나오는 회사에서도 일을 했다. 그 일들은 체력의 소모전 일뿐, 생활에 보탬이 되지도 않았고 일에 대한 성취감도 주어지지 않았다.

94년 한우리 독서지도사 교육을 받으면서 나는 아이들과 책을 읽고 토론하는 일을 시작했다. 중학교 때부터 책을 좋아해서 닥치는 대로 읽은 터라 이 일은 자신이 있었다. 94년 시로 등단을 한 이력을 믿고 아이들과 수업을 했다.

독서지도 일은 소문이 나면서 수업하는 아이가 계속 늘었다. 어느 날 문인으로 같이 활동하는 사람이 네게 말했다.

"저 상민이 가르치시죠? 그 어머니 저하고 동기동창인데, 샘 국문과 전공 안한 것 모르던데 저도 말 안 할께요"

내 일이 잘되니 심술이 난 거고, 고졸인 나를 겁박하고 있는 거구나 알아차렸다. 속상한 마음에 술을 먹고 엄마에게 전화를 했다.

"엄마, 왜 공부 쫌 시켜주지 그랬어요. 오빠만 공부시키고, 그 오빠가 내 답답함을 알긴 할까요? 엄마가 아느냐고!"

"야! 이년아! 너 나이가 몇 살인데? 그 깐 대학, 지금이라도 가면 되지 아직도 똥줄이 덜 땡겨서 하는 소리지"

술이 확 깼다. 역시 울 엄마다. 어떤 경우에도 당당한 나의 엄마다.

'그래 가보자, 없는 아이도 낳은 난데 그 깐 대학을 가 보자'

그렇게 해서 시작한 공부였다. 영어는 27년 만에 다시 잡았다. 중1학년, 2학년 교과서를 다 외우고 나니 문법 공부를 할 수 있었다. 내가 앞으로 50살이 되어도 이런 협박을 감수하며 일을 할 수는 없다고 생각했다. 이것이 오늘 수능을 보게 된 가장 큰 이유였다. 내게 늦깎이 공부는 생존을 위한 결투고, 그 첫 번째 관문인 수능시험을 봤다.

7

뭐 하다 이제 왔어요?

수학과 과학을 포기한 수능 성적이 높은 점수가 나올 일은 없다. 나는 서울에 있는 전문대학 문창과를 지원했다. 문창과는 글쓰기인 실기를 보는 학교와 면접만 보는 곳이 대부분이었다. 면접에서 황당한 질문을 받을 때가 많았다.

"뭐 하다 이제 왔어요"

그 짧은 시간에 무엇이라 할까? 아들딸을 낳아서 모유 수유하고, 기저귀 빨다 왔다고 하는 게 정답인가? 아님, 식당에서 테이블 닦고 냉면그릇 배달하다 팔뚝 살 쪄서 왔다면 그들은 만족할까? 아니면 과자 공장에서 빨간 장화 신고 아이스크림 퍼 담다가 왔다고 할까? 좀 있어 보이게 경봉 스님처럼 이 교실을 한 바퀴 돌고 이렇게 왔다고 선문답을 해야 하나?

때론 더 황당한 소리를 하기도 했다.

"꼭 대학을 나와야 글을 쓰는 게 아닌데요?"

무슨 말을 저들은 하고 있는가 싶어 나도 한 마디를 했다.

"만약, 교수님과 저의 부모가 바뀌었다면 제가 교수님을 면접하겠죠? 학위가 없어도 지금 그 자리가 주어졌을까요?"

그들은 우리 사회의 철옹성 보다 높은 학력의 권력을 모르고 하는 소리인가? 담 안에 있는 사람은 담 밖에 있는 사람의 소외와 기회 없음에 눈을 감고 있다는 것인가?

나는 수없이 중심에서 밀려나 봤다. 대학졸업장이 없음 아예 기회조차 주지 않는다. KBS에서 모집하는 드라마 작가 모집에는 단편드라마 두 편과 졸업장을 접수해야 한다. 나는 일단 드라마 두 편을 써서 접수를 하러 갔다. 그러나 KBS 수위실에서는 졸업장이 없는 사람은 접수를 받지 말라는 지침에 충실할 뿐이라 했다. 나는 수위실 앞에서 원고지 160장을 찢어서 날렸다. 수위 아저씨가 나와서 고함을 질렀지만 뒤도 돌아보지 않고 여의도광장을 가로 질렀다.

부모역할 지도사를 하려 해도 마찬가지였다. 고졸에게 아예 기회가 없었다. 학력의 벽은 높았고 견고했다. 우리 사회에서 학력은 이미 권력으로 다져져 있는 허들 경기다.

나는 대학 졸업장 대신 글쓰기의 이력을 높이기 위해 백일장에 많이 참가했다. 백일장에 입상한 사람들과 동인활동을 하면서 문집 발간과 서울 인사동 경인미술관에서 시화전도 몇 년을 같이 했다. 어느 날 동인 중 한 사람이 물었다.

"학번이 몇 학번 이예요?"

"학번이 뭐예요?"

나의 질문에 그녀는 어이없는 얼굴을 했다. 그 날 이후 동인 모임에서 나는 왕따가 되었다. 백조 무리 속 오리처럼 그녀들은 나에게 말을 걸지도 눈길을 피했다.

면접을 다니면서 같은 여자들의 반응도 가관이다. 편입 시험을 치러 실기 고사장에 가면 수군거린다.

"어마나, 아줌마도 왔어"

그럼 나도 되받아 친다.

"아줌마가 편입 시험 치면 안 되는 법이 있니"

그러면 다들 고개를 돌린다. 우리 사회는 나이에 대한 고정관념이 과히 무소불위에 가깝다.

그 날도 대학에 면접을 보러 갔다. 아예 아줌마는 뽑기 싫다는 면접관의 분위기를 파악하고 기운이 빠져 학교를 나오고 있었다.

"저, 저랑 같이 커피 한 잔 하실래요"

젊은 여자가 내게 와서 말을 걸었다. 우리는 커피를 앞에 놓고 카페에 앉았다. 5살 아이를 키우고 있는 그녀는 오늘 면접에 오기 싫었는데 나를 봐서 좋았다고 했다. 나는 웃으며 그 이유를 물었다.

"죄송하지만, 샘을 보고서 나는 열 번 더 떨어져도 되는구나 위로가 되어서요"

그 만남 이후 젊은 얘기 엄마는 새내기인 나의 대학축제 때도 오고 가끔 우리는 교내식당에서 만나 밥을 먹었다. 나의 늦깎이 발길이 누군가에는 용기와 격려가 된다는 깨달음이 왔다. 그 이후 나는 어디로 뭘 배우러 가거나, 여행을 갈 때도 내가 여기를 가면 민폐가 되지 않을까를 생각하고 주눅 들지 않는다.

"뭐 하다 지금 왔어요?"

질문해도 나는 당당하게 말한다. 나는 자식을 키우고 돈을 벌고, 공부를 하고 미래의 주인공인 아이를 가르치다 왔다고 말한다. 그 길은 직선이 아닌 곡선으로 울퉁불퉁해 재미난 이야기가 많다고 말한다.

8

늦어서 보는 그늘의 깊이

나는 아무래도 늦깎이다. 98학번이라서가 아니다. 철도 늦게 들었다. 말과 글의 수련도 60이 너머 진중해졌다. 지금도 쪼고 다듬어야 함을 절실하게 알아 가고 있다.

늦깎이는 이론이 아니라 몸으로, 경험으로 현실의 모순을 깨닫고 배운 사람이다. 그래서 행동하고 책임을 지는 사람이다. 삶에 진국을 우려내어 타인의 삶을 도우고 자신의 인생을 투사한다.

늦깎이가 특권도 아니고, 이제 나 늦었다고 들이댈 것도 없다는 걸 안다. 집안이 가난했다고 그것이 이유의 모든 것이 될 수도 없다.

"너는 최선을 다 했는가?"

누가 묻는다면 '아니요'라고 말해야 함도 안다. 인생에 핑계가 많았다. 그만큼 치열하지도, 끝까지 하지 못하고 적당한 이유 뒤에 숨었다.

하여 늦깎이는 감내해야 할 값이 반드시 있다. 꿈을 꾼다고 해서 이루어지는 게 아니라는 걸 알기에 나는 기꺼이 대가를 지불하는 게 맞다고 생각했다. 그래서 나이 어린 동기에게도 배우고, 나이 어린 교수들에게도 깍듯이 대했다. 한 학년이 높아도 그들을 선배라고 불렀다. 나도 선배가 있는 것이 좋았다.

대학을 나오지 않았다는 낙인이 오래 발목을 잡는 나라가 한국이다. 현실을 인정하고 공부를 시작하고 대학원까지 과정을 마치고 나니 이젠 학력에서는 선 밖으로 밀리지 않는다. 나는 그 낙인을 스스로 노력해서 지운 것이 자랑스럽다.

더 일찍 대학을 못간 것이 내 스스로의 게으름과 마음을 다부지게 끌고 가지 못했음을 학력을 갖추는 과정 중에 알았다. 무엇보다 하나를 알고 나면 모르는 것이 하나씩 보인다는 것이 공부의 가장 큰 재미였다. 담쟁이가 벽에 빨판을 깊이 붙이고 담을 넘는 기쁨을 나는 맛보았다. 어느 지점에서는 하나를 알고 나자 모르는 게 무더기로 보일 때가 있다. 이게 공부의 시작이다.

높은 산에 올라 갈수록 지평선이 달라지고 더 큰 봉우리가 보일 때 그것은 무엇과도 바꾸지 않는 뿌듯함이다. 나의 세계가 커지고 앞선 사람이 이루어 놓은 어깨에서 바라보는 이 지구와 우주를 느낀다. 동시에 내가 지구고 우주라는 생각에 미치자 눈물이 났다. 그리고 자유로워졌다. 다른 이의 평가와 부추김에도 따라 동조하기를 삼가게 되었다.

카잔차키스의 '그리스인 조르바'처럼 나는 이제 이념과 민족과 관계에서 자유롭다. 혈연의 끈마저 더 이상 나를 재단하고 억압하게 내버려 두지 않게 되었다. 또한 그 인연도 내가 이 세상에 오기 위한 하나의 필연으로 여긴다. 나는 이제 이 광활한 우주에서 찰나를 살아가는 한 생명, 하나의 에너지다. 동시에 다른 생명체도 소중하고 기껍다.

인생에서 늦은 것은 없다. 늦은 만큼 치열하게 부딪히고 고민하고 전체를 보기위해 책을 읽고 생각하고 질문했다. 스승을 찾아 기꺼이 그들의 매운 가르침과 도반들의 경험을 스폰지처럼 빨아들였다.

늦깎이란 내 껍질도 벗어 던지고 나비가 되기 위해 멈추지 않고 도전한다. 나는 늦었다고 생각 할 때마다 '사기'의 이 문장을 소리 높여 외웠다.

"옛날 서백창(주 문왕)은 유리에 갇히게 되자 '주역'을 풀이 했으며 공자는 진나라와 채나라 사이에서 곤경을 당하자 '춘추'를 지었다. 초나라의 굴원 또한 추방당한 몸이 되자 '이소'를 지었고 좌구명은 실명 한 후에 '국어'를 남겼다. 손빈은 다리가 잘리는 형을 받은 후 '병법'을 저술했고, 여불위는 촉으로 유배된 이후에 '여씨춘추'를 남겼으며, 한비자도 진나라에 갇힌 몸이 돼서 '세난' '고분' 편을 지었다. '시경'에 수록된 300편의 시는 대체로 성현들이 발분해서 지은 것이다. 이들은 모두 마음에 맺힌 바가 있으나 그 뜻을 직접 표현할 수 없었기에 지나간 사실을 빌려 미래에 그 뜻을 전했던 것이다"

이 글은 사기의 마지막 글인 '태사공자서'다. 70번째의 열전을 자신의 이야기로 마무리 하는 자신감과 당당함에 전율이 일었다. 결국 늦깎이의 공부란 세상에 밀린 자들이 스스로 발분해서 하는 것이다. 하여 자신의 등뼈를 믿고 앞으로 나아가는 것이다.

공부란 나를 알아가는 것이고, 나를 세상에 어떻게 구현하는가? 이 질문에 대답하는 것이다. 논어 마지막 20편 요왈(堯曰)에는 이렇게 나와 있다. 군자란? 천명을 아는 것이고, 예를 아는 것이고, 말을 신중히 한다는 것이다.

나의 천명은 아이들과 책을 읽고 토론하고 글을 쓴다. 이 일을 30년 하고 있어도 질리지도 않고 갈수록 내 공부가 늘어 가듯 더 재미있다. 갈수록 사람구실이 늘어가는 시기를 벗어나 비로소 나에게 집중하는 시간이 많아졌다. 특히 젊은이들을 보고 있음 반짝이다 못해 번득인다. 나는 그 들에게 예를 다하려고 한다. 내가 대하는 사람이 어릴수록 말을 신중하게 하고 예의를 갖추고자 한다.

늦깎이 일수록 겸손하게 먼저 길을 낸 이들을 인정하고, 나도 내 길을 가야한다. 젊은 날에 최선을 하지 않아 늦깎이로 출발하면 사회에서 허락한 자리도 한계가 있다. 이걸 받아들이고 유목민처럼 나의 위치를 스스로 만들어 가야 한다. 이것 또한 늦깎이만의 특권이자 도전이라고 생각한다. 뒤늦은 출발이 주는 그늘도 멋진 그림이 된다.

9

종이 쳐야 가는 집

흔히 사람들은 말한다.

"내가 살면 얼마나 살 거냐고"

나는 그 말에 코웃음을 치고 싶다. 언제 죽을지 아무도 모르지만 그렇다고 함부로 단정 지어서 말해서도 안 된다. 얼마나 살지 그건 우리의 영역이 아니다. 다만 사람이 할 수 있는 영역은 지상에서의 삶이 끝날 때 까지 자기 몫의 삶을 살아내는 것이다.

"내가 살면 얼마나 더 살겠니"

이 말은 나의 시어머니가 나와 같이 살기 시작 한 62살부터 당신이 나를 항복 시킬 때, 당신이 불리할 때마다 내게 한 말이다. 시모는 105세를 살다 갔다. 그러니까 내 결혼 햇수만큼 43년 동안 이 말을 했다. 한 사람의 늙음과 육체의 쇠락을 가까이서 지켜 본 셈이다. 나이 먹는 것만큼 내려놓고 비우기가 거의 불가능함을 나는 보았다. 몸이 쇠락 한다고 결코 마음이 너그러워지고 가벼워지지 않는다. 사람들과 사회가 주는 소외감으로 점점 자기 고집과 방어기제가 작동한다.

나 또한 별다르지 않겠지 생각하면 자다가도 벌떡 일어난다. 친정엄마도 94세로 장수했다. 엄마도 나이 들수록 섭섭하고 당신이 옳다는 것을 관철하고 주장했다.

시모는 명절 날 집에 들어서면 이 말을 시작한다.

"아이고 아직 안 죽어서 어쩌니"

"내가 안 죽어서 니들이 고생이다"

2박3일 동안 수시로 말한다. 그때마다 다른 문장으로 응대하는 것이 음식과 집안 일 보다 힘들었다. 정작 당신 아들은 운전 했다는 핑계로 잠을 쿨쿨 자는 옆에서 나의 말들은 빨리 동이 났다.

"엄니가 계시니까 이리 모이고 좋잖아요"

"다 자기 명대로 사시는 거죠"

"그래도 건강하게 장수 하시니 자손들 복 이죠"

명절이 끝나고 집으로 돌아오는 길에 첫 번째 고속도로 휴게소에 차를 대고 딱딱한 아이스크림을 먹고 나서야 체증이 내려가는 속을 어찌 남자들이 알까? 그래서 나는 절대 이 말을 안 하기로 했다.

"내가 살면 얼마나 살겠니?"

내 명대로 살다 간다. 누구의 명을 뺏어 살지도 않는데 누구의 눈치나 간섭이 필요치 않다. 자손들에게도 당당하게 말하고 살아야 한다.

친정엄마는 집안의 기둥이었던 작은오빠가 47살에 죽고 나자 소위 약장사에 빠져 오년쯤 살았다. 오빠가 남긴 무기력과 허무의 빈자리를 그 곳에서 노래하고 웃으며 견뎠다. 예상 밖의 돈이 들어가고 그것으로 자식들과 며느리 갈등이 생겼다. 나는 엄마가 병원에 입원해서 간병비를 보낸다 생각하고 돈을 수시로 건넸다. 조금 과하다 싶은 금액이면 나도 볼멘소리를 했다.

"엄마는 나에게 뭐 잘 해 줬다고 돈 보내라 해요?"

"와, 내가 너를 버렸나? 자식은 굶기고 엄마만 밥을 먹었나"

이 막무가내의 당당함이야말로 엄마가 살아가는 힘이다. 오히려 미안 해 하고 전전긍긍 하는 부모보다 마음이 편했다.

요즘 그림책을 생각하고 있다. 수채화도 시작했다. 그림책을 쓰고 그릴 생각만으로 멋지지 않는가? 캘리그래피도 배울 생각이다. 수입을 떠나서 사람들을 만나고 교류하는 창문을 갖기 위해서다. 줌도 하고 블로그, 유튜브에도 도전 하고 있다. 나는 죽을 때 내 관위의 명정대로 붉은 비단 글씨대로 살다 가고 싶다.

'학생부군 밀양박씨 수자 지묘'

이것이 내 인생의 최고 찬사라 생각된다. 늘 학생으로 배우고 가는 인생이면 족하다. 학생은 수업이 끝나고 종이 쳐야 집으로 간다. 배우고 익히고 에너지가 다 하는 날 나의 집으로 갈 것이다.

"아직도 현직이세요?"

나도 가끔 이 질문을 받는다. 지금도 아이들과 수업한다고 하면 대부분 사람들은 놀란다. 아니 왜 놀라지! 사는 이상 늘 삶이라는 현직에 있다. 배울 것이 늘 우리에게 주어진다. 딸이 결혼하니 장모의 역할을 배우고, 손자가 생기니 할머니가 되는 길을 배우고, 아들이 결혼하면 시어머니의 행동 강령도 배워야 하지 않는가? 살아있는 한 모두 변한다. 사람도 변하고 사회 시스템도 변한다. 새롭고 알아야 할 것이 넘쳐난다.

나는 변하는 내 몸을 살피고 내 감정을 보살피고 이것도 늘 바쁘다. 전에 없던 아토피가 가끔 올라오고 맛있게 먹던 음식이 싫어진다. 그럼 다시 새로운 먹거리를 탐구해야 한다. 몸에 거부반응 하지 않는 속옷도 찾아야 한다. 나를 보살피는 작업만 해도 바쁘다.

나는 나이 들어 살아 있는 게 한없이 다행이고 고맙다. 삶에 고갱이를 세우고 철이 든 지금이면 다음 생으로 가도 후회가 없다. 욕망과 현실 사이에서 늘 우왕좌왕 하던 젊은 날의 나는 미숙했고 허당이었다. 아마 신은 나를 많이 봐주지 않았나 생각한다. 참 감사하고 다행이다 싶다. 그래서 신체의 나약함이나 병 치레를 겪어야 한다면 그것 또한 장수의 대가라 생각한다.

종이 치고 신이 이제 집으로 오라하면 나는 기꺼이 가리라. 이번 생도 수많은 색깔과 사건으로 지루할 틈이 없었다고 재잘 될 것이다. 그곳 사람과 헤어질 때까지 종치는 시간을 기다리고 어디서 무엇이 되어 있으리라.

먼 길 —
나 에 게 로
돌아오는 길

어린 날의

동화

1

어느 날, 느닷없이

방 천장 사방무늬가 빙글빙글 돌았다. 몸은 고열에 들떠 입은 바짝 말라가고 땀에 흠뻑 젖은 머리카락과 헛소리를 기억한다. 그렇게 사나흘을 앓고 나는 다리를 딛고 일어 날수 없었다. 초등학교 2학년 여름방학을 며칠 앞둔 7월의 삼복더위 속에서 나는 걷지 못하는 아이가 되었다.

엄마는 이 병원 저 병원에 나를 업고 다녔다. 하얀 가운을 입은 의사는 조그만 망치로 내 무릎을 두드렸다. 내 무릎은 통증을 느끼지 못하고 모든 신경이 죽어있는 소아마비였다. 한의원에 가서 10센티나 되는 금침을 발가락과 무릎에 맞았다. 아무런 차도가 없었다.

마지막 희망인 달성동 선생을 찾아갔다. 달성동 선생은 우리 집과 오랜 세월 인연이 있다. 우리 집에는 생후 6개월에 소아마비가 걸려 다리가 뒤틀린 큰오빠가 있다. 그 오빠를 고쳐 보고자 부모는 청도에서 대구로 이사를 왔다.

달성동 선생은 의사가 아니다. 그녀를 무엇이라 부를까? 엄마에게 들은 이야기는 그녀는 16살 때 하늘의 계시를 받아 아픈 사람과 죽을 사람이 보였다고 한다. 그녀가 하는 치료방법은 기독교적인 요소가 강하지만 그녀는 딱히 교회를 가라고 하지 않았다.

엄마가 용하다는 소문을 듣고 아버지에게 큰 오빠를 업혀서 대구를 보낸 날 새벽, 엄마는 꿈을 꾸었다. 깊은 계곡에 물이 흐르고 엄마는 큰오빠를 잃어버리고 찾아다녔다고 한다. 그런데 어떤 여자가 큰 오빠를 씻기고 엄마에게 오빠를 돌려주었다. 몸이 가벼워진 오빠를 받다가 엄마는 뒤로 넘어갈 뻔했단다. 가끔 그 꿈 이야기를 수십 번 들어도 똑같은 전개방식이라 믿지 않을 수 없다. 저녁에 돌아온 엄마는 아버지에게 물었다고 한다.

"소문대로 유명한 의사예요?"

"흥, 기집 년이 뭘 고친다고"

엄마는 여자라는 말에 꽂혀서 다음엔 엄마가 오빠를 업고 갔다고 한다. 그녀를 보자마자 엄마는 말했다 한다.

"아이고예, 꿈에서 본 사람과 똑 같네요"

눈이 쏙 들어가고 호리호리한 몸매하며 눈빛이 형형한 것이 꿈에서 본 그녀였단다. 엄마는 여기만 다니면 아들이 벌떡 일어나서 걷는다고 확신하고 대구로의 이주를 강행했다 한다.

오빠는 6살 때부터 6년쯤 치료를 받았다. 처음 찾아 갔을 때는 다리가 몹시 뒤틀리고 힘이 없어 목발을 집고 다닐 수가 없었다. 양쪽 목발을 집고 다닐 정도로 다리에 근육이 생기고, 발이 편편하게 펴졌어도 나았다는 생각은 하지 않았다. 엄마는 큰 아들이 두 발로 뛰어다니지 못하니 효험이 있다는 생각을 하지 못했다.

여름방학이 끝나고 아이들이 학교로 가버리고 조용한 골목에 나는 집에만 있었다. 가끔 엄마에게 업혀서 버스를 타고 달성동을 가는 것 말고 어떤 방책도 없는 나날이었다. 한옥의 대청마루를 엉덩이로 밀고 다니며 밥을 먹고 대소변도 요강에서 해결해야 했다.

내가 병원과 한의원을 다 다녀보고 치료가 불가능 하다는 말을 여러 군데서 듣고서야 엄마는 마지막 희망으로 달성동을 찾아갔다.

대구 자갈마당 후미진 골목에 슬레이트 지붕을 얹은 집이었다. 방 한 칸에서 환자를 보는 그녀는 나를 잡아 일으켜 보고 혈이 막혔다며 턱 밑에 침샘을 만져주었다. 목덜미와 머리를 계속 만져주었다. 시원하고 몸이 평안해졌다. 팔꿈치와 귀 뒤에 반창고를 붙여주었다. 반창고에는 붉은 색연필로 십자가가 그려져 있었다. 그녀의 치료법은 수시로 반창고 붙이는 부위와 재료도 달라졌다.

2

아직 죽기는 싫어요

엄마는 대구 선문시장에 장사를 하러 다녔다. 엄마가 없을 때면 아버지가 내 밥을 챙겼다. 어느 날 까무룩 내가 잠에서 깨어났다. 부모님은 나에 대해서 말을 하고 있는 듯 했다.

"저것을 어떻게 해야 안 되겠소? 사내라도 병신이 살아가기 힘든 세상인 데 가시나가 저 모양이니......"

"그래도, 지도 살려고 밥도 먹고 꾸물럭거리는데 어떻게 해요"

나를 두고 하는 이야기가 무슨 뜻인지 대충 이해한 나는 다시 눈을 감고 자는 척 했다. 그 날 엄마는 시장에 갔고 점심은 아버지가 차려 주었는데 나는 배고프지 않다고 먹지 않았다. 죽고 싶지 않다는 내 본능이 작동하기 시작했다. 한동안 나는 아버지가 챙겨 주는 것은 먹지 않았다. 나를 어디로 데려가 버릴까봐 한사코 집을 떠나지 않았다.

아버지가 나를 버리거나, 나를 죽일 수 있다는 생각은 오 랫동안 나를 지배했다. 평소에도 아버지는 가부장적 사고를 가진 사람이다. 그 시대의 남성 대부분이 그렇듯 잦은 손찌검 과 밥상을 던지는 것으로 자신의 존재감이나 열패감을 해결 하는 사람이었다.

아홉 살에 나는 아버지와 나를 잇는 정서의 끈을 놓쳐버 린 듯하다. 그 이후 수많은 추억과 사랑했던 순간을 다 휘발 시키고 아버지가 돌아가실 때까지 누구에게도 말하지 못하는 숨은 비밀로 가라앉히고 살았다.

아버지가 돌아가시고 딸인 내가 눈물 한 방울을 흘리지 않는다고 나를 독하다고 야단치는 작은 큰 엄마에게 내 입이 터졌다.

"큰엄마, 울 아버지 알아요? 울 아버지 진짜 알아요?"

"너 거 아버지만큼 좋은 사람이 어딨노? 야는 무슨 소리 하노"

그렇다. 한 사람에 대한 평가는 각자의 몫이다. 그 평가 또한 각각 다르다. 친정을 가도 아버지에게 왔다는 인사를 하 고 나면 그 다음 말이 이어지지가 않았다. 내 아홉 살 가슴 안에서 소용돌이치던 두려움, 툭툭 끊어져 맥이 탁 풀리던 아슴함. 그것이 무엇인지가 명확하지가 않았다.

이제는 안다. 그것은 아버지에 대한 분노 이전 살아야 한다는 본능이었다고 생각한다. 벌레도 가까이 손을 갖다 대면 움찔 하며 도망가듯이 그건 본능적인 방어임을 안다.

아버지 살아생전 꼭 이 말은 하고 싶었지만 하지 않고 지나간 것도 잘했다 싶다. 아버지가 어느 날부터 사람으로, 약자로 보였다. 한 집안에 두 명의 장애인, 가난한 살림살이, 팍팍했던 사회복지제도가 아버지를 모진 말을 하게 만든 것이다. 한 개인의 인식, 삶은 사회와 절대 뗄 수 없는 구조이지 않는가?

나는 안다. 장애인이 있는 집의 습도를. 자라면서 순도 100%의 기쁨을 가지고 웃어본 적이 없다. 우리 집 만의 금기인 병신이란 말의 무게를 나는 낙타의 혹처럼 달고 살았다. 부모님은 큰오빠의 권위를 세워주기 위해 당신들의 권력을 오빠에게 이전해주면서 큰 오빠의 잦은 폭력을 받아야만 했다.

노트 한권, 연필 한 자루도 큰 오빠의 허락이 있어야 가질 수 있었다. 그래서 큰오빠와도 정서의 끈이 없다. 다만 위계질서가 있었다. 이런 성장과정은 남자들과의 관계 설정에 지대한 영향을 미쳤다. 나는 남자를 존경하거나 상위에 놓고 보지 않는다. 더구나 누군가 남자라는 이유로 나를 억압 하거나 조롱하면 나는 사생결단 하며 덤빈다. 마치 아홉 살 내가 아버지를 상대로 대들듯 분투했다.

내 나이 47살에 아버지가 돌아가셨다. 그리고 꿈에서 해방 되었다. 결혼을 하고 집을 떠나 와서도 두 달에 한번 씩은 꿈에 시달렸다. 아버지는 마흔의 건장한 모습이고 나는 늘 아홉 살이었다. 나는 집에서 동네 시장까지 아버지를 피해 도망을 가고, 아버지는 어린 나를 쫓아오는 꿈을 꾼 날은 늘 몸살을 앓았다.

그런데 아버지가 돌아가시고 그 해부터 나는 이 꿈으로부터 놓여났다. 사람의 무의식이란 얼마나 섬세하고도 질긴지, 시간이란 일직선이 아닌 곡선이다. 과거와 미래가 순서 없이 교차하고 섞여 기억을 만든다.

아버지가 돌아가시고 나서야 비로소 나는 아홉 살 어린 나에서 놓여났다. 아버지를 동일한 한 사람으로 대 할 수 있었다. 아버지는 내 무의식을 지배할 수 없는 세계에 가 닿았다는 것이다. 아버지의 몸을 빌려 세상에 나왔지만 나는 나의 생명을 가지고 살아간다. 어떤 상황에서도 나를 지키고 나로 살아가고자 분투한 내가 좋다.

3

당신은 기적을 믿나요?

아이들이 학교에 가고 골목이 조용한 시간, 엄마는 보리쌀을 우물에서 북북 치대며 헹구고 있었다. 하늘은 파랗고 빨간 고추잠자리 몇 마리가 마당을 빙빙 돌고 있었다.

나는 엉덩이를 밀고 대청마루 성주 기둥을 붙잡고 말했다.

"엄마, 나 한 번 일어나 볼까?"

놀란 엄마가 보리쌀을 손등에 붙인 채 마루를 달려왔다. 나는 기둥을 붙잡고 일어났다. 내가 3개월 만에 일어섰다. 엄마는 놀라서 아버지 흰 고무신을 댓돌에 얹어주었다. 나는 엄마 손을 잡고 마루를 내려와 아버지 신발을 신고 걸었다. 내가 걸었다. 대문 옆에 있는 화장실을 향해 걸었다. 화장실 문을 열고 올라가기가 힘들어 엄마 손을 잡았다.

며칠 뒤 하얀 가운 입은 이들이 열 명쯤 왔다. 그들은 나에게 뛰어봐라 걸어보라고 했다. 그들은 나에게 500원을 주고 갔다. 나는 그 돈으로 운동화를 샀다. 고무신만 신던 내가 하얀 줄이 있는 빨간 운동화를 샀다. 운동화를 밤에는 다시 닦아서 이불속에 끼고 잤다. 지금 생각하면 하얀 가운의 그들은 인턴이었다. 내가 걷는 게 믿기지 않는다고 우리 친척 중 가장 많이 배운 경북대 의대 학과장이 나를 보러 왔다.

지금도 나는 그 날 아침을 기억한다. 천천히 시간이 흐르고 엄마가 뛰어오고 마당에 깔린 자갈을 밟던 소리를 기억한다. 다시 두발로 설 수 있다는 것, 다시 학교를 간다는 사실이 믿기지 않았다. 주변의 사물은 거의 정지된 상태로 기억 한다. 가끔 길을 걷다가 내 발을 보고 멈추기도 하고, 무용시간에 스텝을 밟고 나아가다 꼭 어떤 리듬에서 서던 내 다리를 낯선 눈으로 본다는 것을 사람들은 이해할까?

내가 일어나지 못했다면 내 삶은 아무래도 지금보다 어려운 환경에 노출됐을까? 아버지는 나를 어디다 맡겼을까? 우리 세대의 사회시스템이나 복지제도 발전 과정에서 나의 자리는 어디였을까? 돌아보면 아득하다.

나는 그 뒤로도 달성동 샘에게 수시로 갔다. 이젠 혼자서 버스를 타고 쫄랑쫄랑 혼자서 갔다. 어린 맘이지만 은혜를 갚고 싶었고 우리 집에 없는 과자와 간식이 좋았다. 그녀 옆에서 대구 아닌 환자 집으로 편지 속에 약을 넣어서 부치고 청소도 하고 매일 그 곳을 드나들었다.

내 소문이 청도에 쫙 퍼져서 아침에 우리 집 대문을 두드리는 낯선 사람들이 첫차를 타고 들이닥쳤다. 하루는 서너 살의 남자 아이가 어제 밤에 열이 나더니 못 일어난다고 달성동 샘 집을 가자고 손님이 왔다. 마침 일요일이라 내가 동행했다.

그녀는 아이를 머리와 가슴, 목 뒷덜미를 문지르고 십자가를 붙이고 잠이 오면 재우라고 했다. 몇 시간을 자고 일어난 아이가 마당에 있는 엄마를 부르며 걸어왔다. 엄마는 아이를 안고 울음을 터뜨렸다. 나는 내 눈앞에서 벌어지는 사건이 신기하고 경이로웠다.

가끔은 그녀의 집에서 소주 대병을 가지고 가서 펌프 물을 받아와 마시고, 밀가루 반죽을 해서 염소 똥만큼 동글게 빚어 하루에 스무 개쯤 먹는 처방이었다. 내가 간 중학교는 카톨릭 재단이라 종교 시간이 있었다. 성경 속에는 십자가와 성수와 성체가 있었다. 내가 받은 치료는 성경에 나오는 그 모두를 이용한 치료였다.

스피노자는 신학정치론에서 기적을 한 장으로 다룬다. 그는 특별한 자연현상을 기적, 또는 신의 조화라고 말한다. 자연이 본래의 질서로부터 벗어 날 때 신의 존재를 명확하게 느끼고 그것을 보통 사람은 기적으로 여긴다고 했다. 그가 말한 신은 자연 그 자체였고, 자기 삶과 현장의 주인이 되는 것이 기적이라 주장했다. 나게 일어난 일이 무엇인지, 기적을 내가 받은 것인가? 나는 20대부터 늘 이 질문을 하고 살았다.

나는 이 사실을 여러 사람에게 상의하고 대화를 시도했다. 어떤 신부님은 악마도 기적을 할 수 있다고 해서 나를 두려움에 떨게 했다. 또 어떤 목사님은 도저히 믿기지 않는다고 나를 괴짜로 보기도 했다.

스피노자는 기적이란 자연에서 일어나는 의지라고 해석했다. 그렇다면 나는 간절하게 일어서기를 열망한 것인가? 그렇더라도 달성동 샘, 그녀를 매개로 나는 일어났음을 인정한다. 그 일을 사이비라던가 샤마니즘의 의식이라 생각지 않는다. 그녀는 치료비도 너무 착하게 받아서 우리 집처럼 가난해도 치료비가 부담이 되지 않았다.

차츰 성장하면서 나는 이 일을 통해 내게 하고자 하는 자연의 법칙이 무엇인가? 질문한다. 분명히 나를 통해 이루고 싶은 일이 이 우주 속에 있다고 본다. 아홉 살 기억은 나를 행구고 나를 善으로 이끄는 견인마다. 무슨 일이 있어도 다시 일어났고 장애물 앞에서도 나는 내게 있었던 사실을 생각하고 다시 시작했다.

그리고 어느 날, 더 이상은 질문하지 않았다. 이미 그 사건은 내 안에 기적으로 작동하고 있음을 알았다. 스피노자가 말한 기적이었다. 내 존재에 대한 해석을 온전히 내 힘으로 해 내고 있었다. 생에 최대의 선물이었다. 마침내 사는 데 후원자가 있다고 생각했다.

4

니, 어느 집 아고?

감이 많이 나고 운문사가 있는 청도가 아버지 고향이다. 중2때 전기가 들어온 오지다. 어릴 때부터 그 곳으로 가기를 좋아 했다. 내겐 무서운 아버지와 오빠가 없는 안전하고 평화로운 곳이었다.

방학이 시작하는 날부터 끝나는 날까지 그 곳에 있는 나날이 신나는 선물이었다. 그 곳엔 스무 살에 청상과부가 된 큰 엄마와, 사촌오빠와 언니가 있었고, 골목 하나를 사이에 두고 작은 큰집이 있었다.

우리 형제자매가 방학 때 청도를 갈 때면 엄마는 늘 우리에게 신신 당부를 했다.

"이번 방학에는 작은집에 가서 지내거라. 놀다가도 밥 때가 되면 작은집에 가서 밥 먹고"

대답만은 찰지게 하고 청도를 가지만 우리는 늘 큰집에서만 먹고 잤다. 작은집에서 놀다가도 밥 때가 되면 어김없이 큰 집으로 갔다.

작은집 밥은 저녁에도 꽁보리밥이지만 밥을 먹었고, 큰집은 으레껏 저녁이면 멀건 갱죽인데도 우리는 큰집으로 줄행랑을 쳤다. 어쩌다 작은집에서 밥을 먹고 큰집에 올라가는 날이면 왠지 큰 엄마를 배신 한 것 같아 보기가 미안했다.

나는 또래들과 산으로 소를 먹이러 다니고 들로 다니며 하얗게 부풀어 오른 풀을 계속 씹어 껌으로 만들기도 했다. 개울에서 남자아이들은 바지를 걷어 올리고 버들치와 매기를 바위 밑에서 쫓아내 뜰망으로 잡아챘다. 도시에서는 볼 수 없는 경이로운 놀이는 화려하고 눈부신 나날이었다.

무엇보다 동네어른들과 아이들이 성내에서 왔다고 특별 대우를 해주는 것이 나는 가장 좋았다. 다 큰 사촌 오빠와 언니들뿐이 없는 청도 큰집에서는 우리 형제들은 악동이자 대장이었다.

문중 제사인 모사(茅沙) 철이 오면 우리는 작년 정보를 종합하여 오늘 갈 첫 집을 정하고 그 다음 차례를 정했다. 물론 첫 집은 작년에 음식이 푸짐하고 곶감과 밤을 아낌없이 주던 집안이었다. 그에 반해 개똥모사 집은 가지 말자고 의견을 모았다.

그 집안 묘 자리는 양지바른 남향이고 묘석과 상석이 대리석으로 번듯했지만 인기는 최하위였다. 아이들에게 떡 하나와 전 하나만 주었다. 그래서 우리는 그 집 모사를 개똥 모사라 불렀다.

모사를 지낼 때 아이들 손님이 중요한 이유는 아이들이 그 집안 인심의 척도를 가리키는 가장 정확한 눈높이였다. 아이들 손님이 많으면 그 문중 어른들의 후함과 덕망을 다른 문중 사람들이 입에 침이 마르도록 칭찬을 했다. 그래서 모사 뒤의 음식 나눔은 중요한 축제였다.

아이들은 일단 어른들이 모사를 끝내기를 기다렸다가 각자 가져온 보자기를 펼치고 묘를 기준으로 빙 둘러 앉아 기다린다. 어른들은 음식을 주며 한 아이마다 다 말을 붙이며 보자기에 음식을 넣어 주었다.

"이노마 너는 누고?"

"가실 댁 둘짼데요"

"아 그라마, 한터 할배 손자네"

모르는 아이는 건너건너 사람에게 물어봐서라도 그 아이

가 누군지 소통했다.

　나에게는 늘 성내서 온 대천 띠기 딸내미라서 다른 아이들 보다 밤과 대추, 곶감을 슬쩍 더 주는 특혜가 좋았다. 오전에 얻은 것을 큰집에 맡기고 오후 모사를 다녀오면 사촌언니들은 내가 아끼는 곶감과 밤을 골라먹은 뒤라 나는 한바탕 난리를 치곤했다. 마당에 나와서 땅바닥에 신발자국이 날 때까지 울었는지 모르겠다.

　어릴 때는 모사가 단순하게 평소에 못 먹는 귀한 먹거리를 먹는 재미로 부지런히 다닌 것이라 생각했다. 그러나 그 추억은 성장 과정에 귀한 기회였다. 공동체의 일원이라는 내 정체성을 확인하는 훌륭한 장이었다. 아이 한명마다 택호를 묻고 아버지와 할아버지를 연결 짓는 어른들의 관심과 호의는 어느 날 자신이 결코 혼자가 아님을 알게 되는 단초가 될 것이다. 모사의 기억은 삶의 에너지로 환원되고 훗날 자존감으로 비상하여 날개가 되리라.

　이스라엘 여행 가서 통곡의 벽에서 보았던 성인식을 떠올린다. 통곡의 벽 앞에서 행해지던 가족 모두의 축복과 요란한 소음. 아이를 번쩍 들고서 환호하며 뛰어다니고 성인식을 며칠씩 한다는 사람들이 별나다 했다. 이제야 그들이 아이에게 뭘 심어주고 싶었는지를 알 것 같다.

모사는 나에서 우리 집안의 일원으로, 사회로 나아가는 인식을 주었다. 산을 하루에 몇 개씩 넘어 다니면서도 재미있고 신났던 것은 떡과 부침개를 담은 보자기가 아니라 나에 대한 자존감으로 나는 행복했고 충만했다. 가끔 나는 나에게 그때의 나를 불러줘야겠다.

"대천 띠기 맏딸 아이가? 침 잘 놓는 호랑 할배 손녀네"

5

그리운 큰 엄마

큰 아버지는 일제 때 만주에서 돌아가셨다 한다. 그때 그녀의 나이는 22살이었다. 아들 하나와 유복녀인 딸이 있다. 남편이 없는 가운데 시아버지를 20년간 모신 효부였던 큰 엄마는 환갑을 넘기지 못하고 위암으로 돌아가셨다.

내가 고등학교 1학년 때다. 대구에 처음으로 백화점이 생기고 에스컬레이트를 같이 타고 올라가는 것을 어지럽다 했다. 위암으로 우리 집에서 치료 한다는 핑계로 몇 달간 있는 시기는 이미 위암 말기에 접어들고 있었다. 인절미만 간신히 넘기다가 고향으로 내려가 세상을 떠났다.

그녀는 장성한 아들 딸 대신 조카인 우리를 살갑게 보듬고 살폈다. 늘 잇몸이 보이도록 잘 웃었지만 온화하고 말수는 적고 바지런한 여인이었다. 나는 그녀가 아침마다 쪽찐 머리를 동백기름을 바르고 참빗으로 빗고 떨어진 머리카락을 돌돌 감아 간수하는 시간은 경건한 의식 같은걸 느꼈다. 그 때는 어떤 말도 걸 수 없는 단호함이 있었다.

과부집이라 방물장사 아지매들은 늘 큰 엄마 집에 머물다 갔다. 방물장사가 가고 난 보름 뒤 참빗으로 머리를 빗으며 시커먼 이가 쏟아졌다. 그럼 큰 엄마는 다시는 그 아지매를 안 재워 준다고 했지만, 몇 달 뒤 그 아지매가 배시시 웃으며 사립문을 열고 들어오면 밥 까지 먹여 재웠다. 아마 과부 사정은 과부가 알아주는 동병상련의 마음이었을 거다.

마을 윷놀이를 해도 큰 엄마 집에서 판을 벌리고, 음식을 하고 공동체의 구심 역할을 했다. 어느 해 큰 엄마가 윷놀이에서 일등을 했다. 금박이 글씨로 새긴 상장과 부상으로 양철 물동이를 받았다. 큰 엄마는 상장을 액자에 넣어 벽에 부착해 자주 보았다.

나는 잠들기 전 늘 이야기를 큰 엄마에게 졸랐다. 호랑이 이야기부터 귀신 이야기, 숙영낭자전을 그녀에게 들었다. 그러다 밑천이 떨어지면 호랑이가 저 마을 입구에 왔다. 호랑이가 우물가에 왔다. 호랑이가 삽짝에 왔다. 호랑이가 마루에 왔네 그러다 나를 붙잡고 "어흥" 한 번 포효하고 놀란 나를 안아주었다.

"호랑이님 야는 착해요, 고만 가이소. 고만 가이소, 퍼뜩 가라 칸."

호랑이는 다시 마루로 내려가고, 삽작을 나서고, 우물가를 지나, 사라지면서 나는 까무룩 잠이 들었다.

엄마는 다섯 자식에 돈 벌이에, 장애인 오빠에 늘 바쁘고 지쳤을 것이다. 나는 엄마에게 안겨서 이야기를 들은 기억이 도무지 없다. 엄마 대신 내 갈망을 그나마 풀어준 사람은 큰 엄마였다.

시골에서는 비누도 만들어 썼다. 쌀겨를 빻아서 가루를 만들고 양잿물을 섞어서 만든다. 나는 그게 자꾸 떡이라고 생각해서 곁에서 달라고 보챘다. 큰 엄마는 떡이 아니라고 했지만 아마 내가 말을 듣지 않자 귀퉁이를 손톱만큼 떼서 나를 주었다. 입에 넣자마자 혀가 쌔 한 기운에 내가 얼른 뱉자 큰 엄마는 빙그레 웃고 말았다. 그녀는 단번에 위험함을 알려주고자 했다. 큰 엄마가 없을 때 사고를 방지하는 최대의 방법을 선택한 것이다.

딱 한 번 크게 야단을 맞은 적이 있다. 겨울에는 머리를 감는 뜨거운 물을 소죽솥에 넣어서 데워서 썼다. 머리를 감고

행군 물을 마당에 버렸다. 큰 엄마가 내 등짝을 후려쳤다. 그리고 땅을 향해 두 손을 모았다.

"아이고, 땅속에 사는 미물님들, 빨리 눈 감으소 빨리 눈 감으소"

영문을 모르고 등짝을 맞고 얼떨떨 하는 나에게 큰 엄마는 말했다.

"땅속에 사는 것들이 많은데 네가 식지도 않는 물을 끼얹으면 그것들이 눈이 다 머는거야"

학교 근처에도 안 가본 무학인 그녀가 네게 던진 이 말이 내가 생명에 대한 인식을 단박에 갖게 했다. 그 어느 학자의 논문보다 큰 엄마의 생명정신은 쉽고, 그녀는 스스로 깨우치고 실천했다.

그녀는 사물을 각각 따로 존재하는 개별로 생각하지 않았다. 울 콩을 심을 때는 감꽃이 필 때고 밤꽃이 피고나면 풀이 억세어져 긴 옷을 입고 밭에 나가야 한다는 것을 아는 그녀였다. 이것은 나와 네가 연결되어 있는 우주의 섭리를 안다는 것이다.

가끔 노래를 불렀다. 특히 겨울밤엔 어린 나를 안고 자장가를 불렀다. 그 때는 큰 엄마의 노래를 이해 못했다. 아니 불가능했다. 9살의 내가 어떻게 한 여인의 정한을 생각 할 수 있겠는가?

　"개야 개야 검둥개야

　밥이 남아 너를 주랴

　군 서방 올 때 짖지 말라고

　밥이 없어도 너를 주지"

　한 여자의 외로움을 이 노래로 나는 알아버렸다. 그녀가 살아생전 나는 한 번도 그녀를 여자로 대하지 못했다. 지금도 문득문득 그녀를 만난다. 그녀는 나에게 현재진행형으로 살아있다.

6

내가 있구나

햇살이 옅어지고 푸른빛이 노랗게 퇴색하면 저녁이 오기 시작한다. 이른 봄이면 보리밭에서 깡통 차기를 했다. 아예 어른들은 우리들에게 자기네 보리밭을 밟아 달라며 고구마나 감자 간식거리를 주고 갔다. 보리가 웃자라지 않게 우리는 종횡무진 보리밭을 뛰어다녔다.

그때쯤이면 또 신나는 일이 우리 몫이었다. 논둑을 태우는 일이다. 그 해 농사를 지을 때 해충을 막는 방지책이다. 하루는 논둑을 태우고 있는데 불씨가 바람에 날라서 짚단에 옮겨 붙었다. 그 안에 남은 벼가 들어 있을 수 있는 긴박한 상황이다. 우리는 모두 윗도리를 벗어 불을 끄기 시작했다.

아뿔사, 내 옷은 엄마가 큰 엄마 집에 올 때 사준 새 옷이었고 스펀지가 들어간 잠바였다. 겉감이 나이롱이라 불티에

구멍이 숭숭 나있어 이미 엎지른 물이었다.

그 옷 속 스펀지를 주머니부터 등판까지 아이들에게 떼어준 뒤라 겨울잠바의 기능을 상실 한 잠바였다. 아이들은 내가 준 스펀지를 양철 필통에 깔면 소리도 안 나고, 하나밖에 없는 연필심이 부러지지 않는다고 좋아했다.

큰 엄마는 엄마 보기를 어떡 하냐고 부지깽이를 들고 나를 다그쳤다. 나는 큰 엄마를 피해 마루 밑으로 기어 들어갔다. 큰 엄마는 빨래를 올려주는 바지랑대를 가져와 나를 나오라고 했다. 나는 암탉이 알을 낳는 짚으로 만든 바구니에 웅크리고 나오지 않았다. 큰 엄마가 물동이를 이고 우물로 가자 나는 슬슬 기어 나와 작은 큰집으로 갔다. 고향에서 보낸 기억 중 2박3일 유일한 나의 반란이었다.

며칠 뒤 이서 장날이 되자 큰 엄마의 목소리가 담을 넘어왔다

"수자야, 장에 가자"

나는 잽싸게 달려 나가 보니 큰엄마는 머리에 자루 하나를 이고 나를 기다리고 있었다. 60년대는 시골에서는 현물을 가져가 돈을 받고 팔고 그 돈으로 자신이 필요한 물품을 사가지고 왔다.

나는 큰 엄마와 한 발자국 앞에서 걸으며 시오리 길을 걸어갔다. 오일장에 도착하기 전 곡식을 받으러 중간 상인이 소달구지를 대고 기다리고 있었다. 그들과 반갑게 인사를 하고 가격을 흥정 하더니 큰 엄마는 곡식 자루를 넘겨주고 돈을 받고 시장 난전으로 돌기 시작했다.

"그렇게 빨리 팔마 되나"

"장사치들은 다 알제, 내 넉넉한 됫박을 믿지"

김이 뭉싱뭉실 나는 떡집에 가서 시루떡을 한 뭉텅이를 사서 먹었다. 양 볼에 넣고 빨아먹으면 반나절은 단 맛이 도는 왕사탕 한 봉지를 얻는 만족감은 왕복 삼십 리를 걸어 따라가는 이유였다.

고향 오일장은 지금으로 보면 정보의 광장이었다. 어느 마을에 누가 시집간다는 이야기, 어느 할배가 돌아가신 이야기, 쌀값, 소값, 논이 팔린 이야기를 전해들을 수 있었다. 시집간 딸을 만날 수 있고 사돈을 만나면 피해가는 곳이 오일장이었다. 큰 엄마는 남자만 보이면 고개를 살짝 숙이고 지나갔다. 돌아오는 길은 간 고등어와 이야기책을 사서 오는 가벼운 보따리였다.

나의 유년기는 청도에서는 평화로웠다. 낮에는 아이들과

놀고, 밤에는 큰 엄마의 이야기를 듣고 자는 나날. 그 곳에서 나는 모든 이가 바라봐 주는 존재였고 나 또한 만나는 이들을 다 알아보고 인사하며 지냈다. 나를 위해 감 서너 개를 갖다 주기도 하고 아이를 시켜서 밥 한 끼를 먹고 가라고 초대했다. 물론 그들이 대구에 오면 우리 집에서 자고 먹고 가는 이들이었다. 꽁치 한 마리와 몇 가지 나물반찬, 소박한 밥상이 대부분 이었지만 그들의 호의는 어린 나를 들뜨게 하기에 충분했다.

어느 날 아이들과 마을 앞 큰 느티나무를 우리는 당산나무라 불렀다. 오백 년 된 나무였고 어른들은 그 곳에서 평상을 펴고 여름에는 낮잠을 자고 장기를 두는 곳이었다.

해거름 지는 시간이 되었고 배도 슬슬 고픈 시간이 되었다. 엄마들이 하나 둘 아이들을 저녁밥 먹어라 불러들이는 소리가 들리고 친구들은 하나 둘 집으로 돌아갔다.

그 날은 큰 엄마가 이웃 밭에 품앗이 해준다고 아예 아침에 나올 때 고구나 찐 것이랑 쑥버무리를 점심으로 챙겨 나온 날이었다. 나는 조금 언덕배기에 있는 큰 집을 올려다보았다. 불이 켜지지 않는 걸 확인하고는 평상에 앉아 있기로 했다. 물론, 작은 집에 가서 저녁을 먹어도 되지만 마음이 내키지가 않았다. 아이들이 다 돌아가고 푸른색에서 감청색으로 차츰 주위가 어둑시근해졌다.

당산나무에 기대어 있다가, 평상에 누웠다가, 하늘을 올려다 보았다가 오두마니 당산나무에 기대었다. 나무의 가지 하나하나가 또렷이 보이기 시작했다. 그 사이사이 별들이 나타나는 반짝임들, 봄날이었지만 조금씩 서늘한 기운으로 몸이 움츠려 들었다.

갑자기 나는 내가 있다는 것을 알아차렸다. 내 인생 최초로 나를 인식했다. 아, 내가 있구나. 누구도 아닌, 내가 있구나. 낮에 같이 뛰놀던 아이들이 다 가면서 나를 챙기지 않아도, 내가 여기에 남아서 나를 바라보고 있는 나를 느꼈다. 갑자기 서러웠고 조금 울었다. 이 최초의 자기 인식의 순간 나는 말간 슬픔을 가졌다. 서러움도 아니고 외로움도 아닌 오롯이 나다는 인식의 발견으로 무섭지는 않았다. 오히려 산과 들과 소리들이 명징해지고 더 멀리 보였다.

어느새 큰 엄마가 내 곁에 와 나를 뒤에서 안아 일으켰다.

"아가, 와 여기 있노. 작은집에 갔겠지 했드만 니가 없어 여기로 왔더니. 미안타, 미안타"

큰 엄마는 나를 업고 뒤로 돌린 손으로 집으로 오는 내내 내 엉덩이를 토닥거렸다. 내가 서러워서 운 것이라 큰 엄마는 생각했겠지만 나는 충만해서 서러웠다.

아, 내가 있었고 산만큼 하늘만큼 크고 먼 자아, 내면의 나와 만나는 시점이었다. 그 날의 감청색은 내가 가장 좋아하는 색이고 어둠이 내려앉는 그 시점 나는 가끔 먼 산을 본다. 그럼 나무의 가지 하나하나 선들이 다 보이는 딱 그 시간의 산등성이를 좋아한다. 내가 나를 만난 내 고향 당산나무인 느티나무가 아직 건재하듯이 나는 살아있고 자주 나를 만난다.

7

방앗간은 놀이터

동무들과 우르르 떼를 지어 내리막길을 내달려 도착하는 곳에 방앗간이 있다. 얕은 언덕을 두 개 너머 가는 그 곳은 햇빛이 골고루 놀다 가는 곳이다. 알사탕과 건빵을 살 수 있고, 빨래비누와 고무줄을 살 수 있는 점방이다.

하얀 김이 안개처럼 낮게 깔려 자주색 고무다라를 감추는 곳. 백설기의 구수한 밥 내음과, 설날에 뽑아 내리는 가래떡의 분주한 움직임을 기억하는 시간은 낮잠이 오기 직전의 나른함이다. 불은 쌀을 기계에 넣어서 빻고, 뽀얗게 내려오는 쌀가루는 물을 뿌려서 손으로 문질러 기계에 다시 넣어 내리는 이 과정이 나는 늘 좋았다.

켜켜이 팥을 뿌려 찌는 시루떡의 부산함에 신이 났다. 아이들도 구경꾼에서 벗어나 동참의 기회가 주어졌다. 어른들이 쌀가루를 쏟아 부어주면 푹 삶은 팥을 잽싸게 뿌려주는 과정을 담당하는 것은 박진감 있는 일이니까. 큰 찜통들을 켜켜이 올리고 그 틈을 밀가루로 반죽해 막는 작업이 끝나고 나면 우리는 방앗간 밖으로 나왔다. 어슬렁거리며 남의 밭에 있는 가지와 무를 뽑아 옷에 쓱쓱 닦아 출출한 배를 채웠다.

떡이 다 쪄지면 반듯하게 잘라진 떡은 나무로 만든 채반에 담고, 파지 난 것은 그 곳에 있는 모든 이가 조금씩 맛 볼 수 있었다. 명절날이나 모사철, 동네잔치가 있음 우리는 어김없이 방앗간을 가서 누군가 떡을 하러 오기를 기다렸다. 잔치의 부주를 현금이 아닌 현물로 하는 시기라 아이들은 어느 집이 이번 잔치에 떡을 얼마나 부주하기로 했다는 정보를 서로 나누었다.

떡보다 아이들에게 인기 있는 부주는 엿 부주였다. 잔치 며칠 전부터 우리는 그 친구 집을 자주 놀러 갔다. 첫 번째 날은 감주를 얻어먹고 그 다음 날은 조청을, 이틀 뒤면 엿을 만든다는 걸 알았다.

방앗간은 국수도 했다. 밀농사를 짓는 집들이 많아서 밀가루를 빻는 날은 일 년치 국수를 한꺼번에 장만했다. 보리타작이나 모심기에 꼭 필요한 새참이 국수다. 나는 국수를 마당에 걸어둔 방앗간 마당을 기억한다. 우리 밀로 국수를 뽑아두면 약간 붉은빛이 났다. 그걸 긴 작대기에 걸어 방앗간 마당이 꽉 차도록 걸어놓는 풍경은 장관이었다.

바람에 하늘거리는 국수의 물결에 그림자가 생기는 오후가 되면 한줄기씩 국수 가락이 스르르 흘려 내렸다. 아이들과 나는 흘려 내리는 국수 가락을 기다리고 있다가 잽싸게 모아와 불에 구워 먹었다. 나무연기와 돌돌만 국수가 익는 내음이 어울리는 오후의 한 때는 그대로 어린 날의 동화였다.

지금 아이들이 마시멜로를 구워먹듯, 우리들의 일용한 양식이었다. 국수 가락 끝이 갈고리 모양으로 말린 부분을 어른들이 작두로 자르는 동안 우리는 부지런히 국수로 배를 채웠다.

방앗간에는 마당이 넓어 참새 잡이도 가능했다. 어른들은 곡식을 넓게 마당에 뿌려놓고 그물로 참새를 잡았다. 날아가던 참새가 그물에 걸려 오도 가도 못하면 잡아채서 망에 넣어두었다. 우리는 그 옆에서 모이를 흩어놓고 소쿠리에 끈을 연결해서 참새가 소쿠리 안에서 모이를 먹을 때 소쿠리를 쓰러뜨려 참새를 포획했다.

하루 종일 해봐야 몇 마리지만 그 순간의 긴장이 주는 쫄

깃함이 좋아 한나절은 몰입했다. 잡은 것은 보통 어른들의 안주거리로 넘겼지만 대신 받은 건빵 한 봉지로도 언덕 너머 방앗간으로 간 그 날의 성과로 충분했다. 우리에게 방앗간은 풍성하고 배부른 곳이었다. 나락만 빻는 날도 싸래기쌀은 나왔다. 가장 공치는 날은 고추만 빻는 날이었다. 방앗간 마당에 고추자루가 줄을 서 있는 날은 우리는 다시 언덕 너머 다른 놀잇감을 찾았다.

방앗간 집 친구는 우리에게 부자로 통했다. 그러나 노는데 우열은 없었다. 남자인 그 녀석은 늘 우리들의 악동이었고 앞장서서 국수 가락을 걷어 우리에게 건네주었다. 네겐 점방과 방앗간이 동시에 그려지는 것은 어른들의 너그러운 보살핌과 아이들의 염치 사이에서 균형이 존재했다. 제사떡은 절대 어른들이 주기 전에는 우리도 손을 대지 않는 불문율이 있었다.

지금도 나는 방앗간의 높은 지붕을 기억한다. 긴 장대로 줄을 걸어 기계에 연결시켜 처음 돌아가는 굉음이 그립다. 경운기 소리 같이 헐떡이는 소리, 넓적한 줄들이 서로 비켜가며 일사분란 하게 움직이는 연결고리가 신기했다. 시골 오지를 여행 할 때면 이제는 멈춘 방앗간의 풍경을 만날 때가 있다.

퇴색한 함석의 푸석거림까지 느껴지는 퇴락한 그 색감들이 좋다.

　　마치 청춘의 시기를 잘 건너온 초로의 삶을 보는 느낌이다. 희로애락을 다 통과한 과묵한 열정 같은 색. 살짝 뵈는 주황빛에 황급하게 갈색이 덧대어진 여유와 깊은 청록의 색감을 만난다. 야생의 숨소리 색이다. 방앗간 고유의 냄새와 색감이 그립다.

8

뻥튀기 소리

작은 큰집은 고향에서 중농의 살 만한 집이다. 먼저 정보를 받아들이고 현실적 행동이 빨랐다. 그 한 예가 뻥튀기 사업을 한 것이다. 그 덕분에 나는 조그만 권력을 누렸다. 친구들이 하루 종일 뻥튀기를 하는 작은 큰집으로 나를 찾아왔다.

뻥튀기 재료는 다양했다. 쌀, 보리, 콩, 귀리, 찐쌀, 옥수수, 말린 떡국이었다. 큰 집에서만 뻥튀기를 할 때는 이웃마을에서 와서 기다리다 뻥튀기를 해서 갔다. 계속 다른 마을에서 사람들이 오자 아예 리어카에다 뻥튀기 기계를 실고 출장길에 나섰다. 나는 가끔 리어카에 타고 이웃마을로 따라 갔다. 뻥튀기 재료를 자루에서 깡통에 넣는 일, 재료 깡통을 순서대로 줄을 세우는 일을 했으니 밥값은 한 셈이다.

뻥튀기 일이 본 궤도에 오르자 본격적으로 강엿을 만드는 일을 시작했다. 가족 사업이 되었다. 엿은 큰 깡통으로 대구에서 사 와 솥에 끓이다 재료를 넣어서 비볐다. 나무틀에 넣어 눌리고 자르는 일은 보기보다 간단하지만 변수도 있다. 날씨에 따라 엿의 농도를 다르게 하고 틀에 눌려놓는 시간도 달랐다.

비 오는 날에는 안방, 건넌방 모두를 개방해 손님을 맞이했다. 항상 뻥, 뻥이 터지는 집이 신났고 친구들이 날 찾아오는 것이 즐거웠다. 보통 뻥튀기를 하고 가는 사람은 그냥은 가지 않고 자기 몫에서 덜어주고 갔다. 귀한 떡국을 뻥튀기할 때는 마지막 까지 털지를 않고 자루를 쥐고 있다가 주인이 가고 나면 나를 불러 슬쩍 주는 사촌 오빠들이 있어 나는 더욱 우쭐했다.

아예, 손님이 많이 오는 명절 대목에는 큰 아버지가 보리쌀 몇 되는 뻥튀기해서 사람들에게 풀었다. 이것 또한 큰 아버지의 사업 수단이다. 나는 가끔 가까운 산으로 가서 솔방울과 나무 등걸을 주워와 뻥튀기 연료에 보탰다. 동무들과 같이 하는 나무 해오기는 우리가 정당하게 뻥튀기를 먹을 수 있는 권리이기도 했다.

어른, 아이들, 이웃마을 처녀들이 등장하자 총각들도 뻥튀기를 핑계로 얼짱거렸다. 이에 어른들이 합세 해 중매를 서고, 민화투를 치는 놀이터가 서는 큰 집은 네게 풍족함과 늘 야단법석의 흥이 있는 곳이었다.

이웃마을을 돌고 오는 사촌오빠들의 그 곳 마을 처녀들의 품평회도 저녁 먹고 나서의 재미였다. 큰 아버지는 작은 큰 엄마 보다 다정하고 조곤조곤 한 분이었다. 내 고무신도 발을 짚으로 재어 가서 오일장에서 사주고 방학 숙제로 꼬마지게도 만들어 주는 사람이었다.

그가 저녁에 돌아와서 저녁상에서 내는 불내가 나는 좋았다. 뭔가 자유로움, 야성의 냄새였다. 약간 숯검정의 소매와 바지 끝단에서 풍겨 나오는 불내음의 매력을 어린 날에 알았다. 아버지와는 다른 에너지를 읽은 것이다. 젊은 날, 몇 차례 수술로 노동력을 상실하고 늘 움츠러 보이는 아버지와는 다른 활달함이 큰 아버지에게는 있었다. 그것은 곧 다정함으로 나타나고 유쾌한 말로 좌중을 이끌어 가는 자신감이었다.

나는 강엿을 만들 줄 안다. 소금단지에 넣어 놓으면 한 여름에도 바삭하게 먹을 수 있는 비결도 그 때 배운 것이다. 대구로 돌아 올 때면 늘 쌀 뻥튀기 한 자루를 들고 왔다. 이제는 사촌마저도 집안 큰 행사에서나 본다. 그 때 우리를 자기 자식인양 무심하게 보살 핀 고향의 큰 엄마, 큰 아버지의 정서가 있어 요만큼 사람 꼴을 갖추고 살고 있음이다.

약속을 하지 않고는 부모 집에도 가지 않고, 자식 집에도 가지 않는 게 상식인 오늘의 사회가 과연 좋은가 질문 해 본다. 열린 만큼 상대를 받아들인 마음의 공간이 있었고 선뜻 남에게 도움을 청할 수도 있었다.

그 때 동네마다 있던 바보 형이나, 아픈 아재들도 늘 누구의 아버지로 아들로 살아갔다. 공동체에서 어우러지고 함께하며 고향에서 삶을 유지할 수 있었다.

뻥튀기로 농사 말고 일찍 돈을 만진 큰 집은 계속 논을 늘리고 고향을 굳건히 지켜 지금도 중농의 자산을 지키며 자식들의 고향 역할을 하고 있다. 울 아버지, 어머니의 장례식 때 그들의 도움으로 우리는 쉽게 큰일을 치루고 텃세도 겪지 않았다.

엄마도 강엿을 돌아가시기 일 년전 까지도 만들어 자식들에게 택배로 보내왔다. 쌀강정에 노란 밀감 껍질을 넣는 빛나는 색감까지 갖춘 강엿이다. 돼지감자, 도라지, 해바라기씨 뻥튀기의 재료는 더 다양해지고 먹을거리는 차고 넘친다.

사무실 앞에는 오일마다 장이 선다. 뻥튀기 장사도 있다.

나는 가끔 뻥튀기는 현장에 가 있다가 온다. 예전 같이 "뻥이요" 소리도 크지 않고 장작이 아닌 가스불이다. 그래도 마음을 따라주지 않는 체력, 분노하지 않는 회색분자들도 한 방에 뻥튀기 하여 날리고 싶다. 내 인생에도 몇 번의 뻥튀기가 남았으면 한다.

9

아침, 도마에 스며든 위로

아침에 눈을 뜨면 귀로 들리는 소리가 도마 소리면 다시 눈을 감는다. 나는 그 소리를 음미한다. 소리만 들으면 저 소리가 무채 써는 소리인지, 풋고추를 다지는 소리인지를 알 수 있다.

문종이 바른 창으로 빛들이 잘게 부서지고 발가락을 꼼지락대며 소리를 의미하는 것이 감미로웠다. 이제 곧 나를 깨우러 오는 큰 엄마의 불 내 나는 치마 밑단이 내 얼굴을 스칠 것을 기다리는 시간의 행복을 즐겼다.

도마소리는 안전함과 하루치의 평화을 주는 소리다. 김치 써는 소리는 써걱써걱 하고, 무 써는 소리는 탁탁탁 도마와 부딪치며, 곧이어 채 써는 자각자각 하는 소리로 변한다. 풋고추를 써는 소리는 착착착 낮게 들었다 금방 놓는 가벼움이다.

어쩌다 일 년에 몇 번 돼지고기를 써는 소리는 지걱지걱 느리고 고기를 떼어놓는 일정한 쉼이 있다. 아침의 도마소리 는 리듬이 빠르고 저녁의 도마소리는 다소 둔탁하다. 큰 엄마 가 화가 났을 때는 턱턱턱 거리며 일정한 리듬으로 소리가 도 망가다 잡혀오는 둔탁함이 있다.

늘 집에서는 언제 불러대는 맏딸로서의 역할로 도마 소리 를 감상하기 전 나는 몸을 일으켜야 한다. 마루 닦기와 요강 비우기는 엄마가 시키기 전 끝내야 하는 과제라서 부엌으로 내 귀를 소풍 보내는 여유가 없다.

그러나 고향집, 큰 엄마네만 오면 내 귀는 다시 활짝 열려 작동한다. 누구도 내 단잠을 깨우지 않을 것이고 이미 할 일 은 사촌 오빠와 언니가 했을 터 나는 한껏 느슨해도 된다.

큰 엄마가 깨우러 올 때 까지 나는 햇살에 얼비추는 먼지 의 군무에 손가락을 들어 빗금을 긋기도 하고, 그 먼지의 알 갱이를 손바닥으로 밀면서 놀 수 있다. 짐짓 큰 엄마가 찬 손 으로 내 등을 툭툭 치는 걸 기다린다.

"아이구, 내 강쇠이 일어나야지"

짐짓 이제 방금 눈을 뜬것처럼 하품을 늘어지게 하며 일 어난다.

예상대로 무채 나물이, 고추 넣은 맛있는 간장이 올라있는 밥상이다. 아침마다 도마 소리에 따라 반찬을 맞추는 놀이는 고향을 떠날 때야 끝났다. 이 습관이 시장에 가서도 버릇으로 관찰하게 된다.

　　한겨울이면 툭툭 치는 동태를 사면서 도마를 본다. 가운데가 움푹 페인 자국이 있다. 정육점에서도 도마를 힐끗 본다. 고기를 써는 도마는 어떤가 하고 본다. 약간 핏빛이 베여 옆면이 불그스름하다.

　　지금은 칼 보다 가위를 많이 쓴다. 그게 편하고 안전하다고 생각한다. 초딩들 중 칼을 이용해 과일을 깍을 줄 아는 아이가 몇 명이나 될까? 엄마들이 아이가 칼에 베일까봐 아서라 한다. 슈퍼에 가면 싹둑싹둑 잘라서 파는 제품도 많다.

　　나는 가위를 사용하다가도 손자들이 오면 도마를 많이 사용한다. 깍두기도 담고 냉이도 썰고 부산하게 움직인다. 소리에서 오는 정서를 찾아주고 싶다. 몇십 년 된 도마는 칼 맞은 곳마다 생채기가 결로 남아있다. 재료마다 소리가 다른 도마 소리를 들려주고 싶다. 가위를 사용하는 게 편하지만 도마 위에 재료를 얹어 요리를 한다는 것은 기분 좋은 일이고 창작하는 시간이다.

두부의 소리 없는 나누어짐과, 호박의 예쁜 속살은 도마를 사용해야 안다. 무 연두 빛을 어디에서 재현할 수 있나? 도마를 걸어두고 다시 사용하는 일의 시작과 맺음을 나는 좋아한다.

며칠 전 장인이 만든 도마를 하나 구입했다. 도마가 없어서 사는 사람은 없겠지만 한 개 밖에 없는 도마를 갖고 싶었다. 사월도마다. 싱크대에 내려놓으면 서해 낙조를 선물한다. 당근을 놓으면 더 붉게 물든다. 나뭇결이 그대로 보여 물관부의 더듬이가 어디로 몸을 틀었는지 보인다. 만든 이가 누구인지, 그의 대패 날의 강도와 곡선을 만들 때의 눈매가 보이는 도마다.

이 도마로 나는 어떤 소리를 내 귀에 쟁여 놓을지 내 귀를 다시 조율 했다. 약간 물렁한 양파를 썰었다. 햇양파가 나오면 기존에 것은 스스로 물렁해지며 도마 위에 미끄러진다. 나도 물건을 잃어버리고 기억을 깜빡 잊어버려 난감한 일을 겪는다. 포기도 때론 순리라는 걸 양파를 썰며 배운다.

여자는
허들을
넘는다

3
장

1

이제는 말해야 한다.

   '82년생 김지영' 영화를 봤다. 90년 이후에 태어난 세대들은 이 소설을 자기들을 대변 해주는 소설이라고 엄청난 반향을 보였다. 영화를 보고 나오는 기분은 씁쓸했다. 결혼생활에서 나는 누구? 이 정체성을 다루는 소설이 베스트셀러가 되고 책이 영화가 되고 사람들의 입에 회자 되는 여자의 이야기. 조조 영화를 보고 나오는 내 또래의 얼굴도 나는 누구? 라는 얼굴을 나는 이해했다.

   90년생 여자들은 결혼이 주는 자기 정체성의 혼란을 드러내고 이야기 한다. 그럼에도 50,60 세대의 이야기는 흔하지 않다. 남자들은 사회에서 꼰대 내지는 태극기 부대로 불리워지며 폄하되고 희화화 되어 무시하고 조롱의 대상으로 남겨진 현실이 착잡했다. 우리 세대는 자신과 가족의 생존을 책임진 세대였다.

더구나 여성들의 삶은 더 치열했다. 중학교를 마치며 공단으로 일하러 가서 오빠들을 공부시키고 동생들의 생계를 떠 맞는 친구들이 많았다. 대학을 가는 것은 선택된 일부였다. 이제 우리는 생존과 번식의 의무를 다했다. 그러나 며느리나 딸들에게 인정받고 살고 있나? 지금도 부모를 모시고 또는 병원으로 요양원으로 종종걸음 치며 살고 있는데 후손들은 효도는 꿈도 꾸지 말라고 무언의 눈치를 주고 있다.

나는 82년생 김지영을 보고 돌아오면서 50년생의 글을 쓰고 싶었다. 아니 적어도 나의 이야기를 써야 한다고 결심했다. 나와 그 많은 순이, 옥이, 숙이, 자야의 이야기를 쓰고 싶었다.

평생 자식과 가족을 위해 살았고 시집의 모든 사람구실을 해내고 친정까지 돌보며 산 우리 얘기를 누군가는 해야 한다고 본다. 적어도 50,60년대 여자들의 삶이 80년,90년대 여자들 삶을 떠 받쳤고, 당신들이 배우고 자기 목소리를 낼 수 있는 역할을 했다고 말하고 싶다.

나는 여자라는 내 정체성이 나이 50이 될 때까지 억울하고 싫었다. 집안에서 내 위치와 결혼 생활의 의무가 힘에 부쳤다. 그런데 한 번은 이런 내 투덜거림에 선배가 말했다.

"어느 생에 여자로 다시 태어나 살겠어"

뒤통수를 툭 치고 그 말이 훑고 지나갔다. 그렇지 언제 여자로 태어나 아이를 낳고 기를 수 있을까? 내 몸에서 완벽한 존재가 출현하는 경이로움을 또 겪을까? 한 존재가 나를 100% 믿고 의지하고 사랑했던 시간을 가질 수 있을까? 비로소 열등감과 소외에서 놓여났다.

나는 여자다

이것은 내가 지구별에 살아있는 한 내 정체성이다. 내가 선택한 것도 아니고 시험을 쳐서 능력대로 받은 것도 아닌데 말이다. 내가 무엇을 하려고 할 때마다 여자라서 발목을 잡고 나를 쓰러뜨리고 패대기쳤다. 나는 내가 여자인 게 플러스로 적용 된 것보다 불편하고 억울하게 작용했다.

적어도 나는 나의 이야기, 여자로 태어나 사람으로 살고자 했던 내 이야기를 함으로써 50,60세대의 이야기를 할 수 있다고 생각한다. 그들이 얼마나 치열하게 살았는지 말해야 한다. 나도 이 이야기를 쓰는데 60년이 넘게 걸렸다.

2

문 밖에 서서

나의 아버지는 노동자였다. 그는 내가 초등학교 1학년 때 대장이 터져 수술을 했다. 그 이후 근 5년을 같은 병으로 입원과 퇴원을 반복했다. 아버지가 다들 죽는다고 동네 친척들이 수의를 우리 집 재봉틀로 만드는 걸 두 번 본 기억이 난다.

아버지가 입원을 할 때마다 우리들이 어렸으므로 외할머니가 와서 우리 집 살림을 맡아 주었다. 아침마다 외할머니가 지르는 고함소리에 잠을 깼다.

"야, 이놈의 가시나들아, 벌떡 일어나서 요강 갖다버리고 마루 안 닦고 뭐 하냐"

아침마다 반복되는 이 닦달이 나에겐 벅차고 분통이 났다. 오빠들은 시키지 않고 꼭 여자인 나와 여동생 몫으로 당연시되는 길들여짐이 부당하게 느껴졌다.

외할머니는 특히나 남자를 우대했다. 반찬에서부터 청소, 이건 외할머니 집에 가서도 마찬가지였다. 언제나 둘째 오빠에게 모든 특혜와 특권이 주어졌다. 생선구이 하나에서 계란까지, 외할머니에 대한 기억은 포근하고 다정 하고는 거리가 멀다. 매섭고 완강하게 아들 선호를 실천하신 분이다.

나의 아버지도 남아선호가 앞선다. 당신이 마음에 안차는 일이 생길 때면 늘 하던 말이 있다.

"쓰잘데기 없는 가시나들이......"

"될 성 부른 나무는 떡잎부터 알아본다는 데......"

그러니까 딸인 나는 쓰잘데기 없는 가시나고, 될 성 부른 나무가 아니라는 말이다. 부모로부터 받는 존재의 부정은 가혹하다. 이것은 어릴 때 매사에 눈치 보는 아이, 위축되어 소심한 아이로 성장했다.

아버지와의 정서적 박탈은 아홉 살 때 일어났다. 초등학교 2학년 여름방학에 나는 고열에 시달리며 엄청 아팠다. 천장에 사방벽지가 빙글빙글 돌았다. 그 이후 나는 발을 딛고 일어날 수 없었다.

엄마 등에 업혀 사방팔방 병원과 한의원을 전전했다. 길고 뾰족한 금침도 맞아보고, 내과에 가서 망치로 무릎을 두드

려도 반응이 없었다. 병명은 소아마비였다.

방학이 끝내고 아이들이 학교로 가고 골목도 조용해졌다. 나는 대소변도 요강으로 해결하고 늘어져 잠을 자는 멍멍한 나날을 마주하고 있다가 까무룩 잠이 들었다.

"저걸 어떻게 해야 되는 게 아닌가? 남자는 어떻게라도 살거지만, 저 가시나는 어떻게라도 조치를 취해야할 건데"

"저것도 살라고 눈을 껌벅거리고 있는 걸 어떻게 하라고……"

잠결인지 꿈인지 나는 듣고야 말았다. 아버지와 엄마의 대화에 남자는 큰 오빠다. 생후 6개월에 소아마비를 앓아 심하게 다리를 절고 있는 상황이었다.

아홉 살 이지만 두 사람의 대화를 다 알아 들었다. 그 날 이후 나는 엄마가 없을 때 아버지가 차려주는 밥을 먹지 않았다. 본능적으로 알아차린 두려움, 폐기처분 되리란 생각들로 나를 방어한 것이다.

같은 장애를 가졌지만 가시나가 살아갈 날이 아버지 눈에는 뻔했으리라. 한 집에 두 명의 병신은 부모에게는 가혹한 짐이라고 나이 먹으며 내가 부모가 되면서 이해하고, 해석하려고 노력했다.

아홉 살, 그때의 나는 죽을 수도 있다는 공포를 느꼈다. 쫄쫄 굶고 있다가 엄마가 주는 밥을 허겁지겁 먹었던 기억이 있다. 엄마에게 아버지가 돌아가시고 내 나이 50이 너머 이 기억을 말 했을 때 엄마가 깜짝 놀랐다.

"그건 꼭 널 버리자는 말이 아이었고 부모가 답답해서 해 본 말이야"

아버지와는 그 때 이후 정서의 거리는 끝내 좁히지 못했다. 아버지와 그 얘기를 한번은 하자 했지만 진실이 두려워서, 아버지와 유지되고 있는 관계마저 뭉개 놓을까봐 내가 피한 것이 맞다.

그래서인지 나는 과도하게 사람에게 의미를 둔다. 떠나간 사람도 오랫동안 가슴에 담아두어 통증이 오래간다. 인정 욕구도 많아 시간과 에너지를 나보다 타인에게 투하했다. 간신히 50이 너머 자기배려에 문제가 있음을 스스로 발견하고 균형을 잡으려 애썼다.

아버지는 첫째 오빠를 일찍감치 열외 시키고 건강한 작은 오빠에게 교육에 사활을 걸었다. 불법으로 초등학교를 재수시켜서라도 TK의 아성, 경북지역의 최고 명문중학교를 보냈다. 입학식 날 우리 가족이 모두 출동했다.

그 날, 책을 나눠준다는 정보가 없었는지 나에게 책값 낸 영수증을 집에 가서 가져 오라는 명령이 떨어졌다. 나는 4킬로를 한 번도 쉬지 않고 달리고 달려서 영수증을 내민 순간, 아버지는 운동장 한가운데서 내 뺨을 갈겼다.

이미 다른 학생들이 다 가져가고 남은 책은 구부러지고 접힌 책이 남았다. 이 모두가 내가 늦게 온 탓이라 생각했다. 당신의 자부심, 아들에게 접혀진 책을 주게 된 게 분통이 터졌으리라. 사람 많은 운동장에서 뺨을 맞은 딸쯤은 당신에겐 중요하지 않은 일이었다.

나는 가끔 생각한다.

그때 내 다리가 기적처럼 나아서 걷지 못했음 나는 어디에 있었을까? 집에서 가족의 일원으로 남았을까. 100%는 자신이 없다. 부모로부터 일찍 독립한 정서를 가졌다. 내가 살고 지켜야 한다는 생각은 본능에 가깝다.

3

내 엄마는 다섯 명

    엄마도 아들을 귀하게 여겼다. 계란후라이는 늘 작은오빠 도시락에만 있었다. 내가 눈치 빠르게 훔쳐 먹는다고 밥을 먼저 담고 계란후라이를 넣어 보냈다. 당연히 아들 몫이라 생각하며 자랐다.

    엄마를 생각하면 딱 두 가지가 생각난다. 당신의 인생도 고달팠다. 병으로 노동력을 상실한 아버지를 대신해 집안의 실제 가장이었다.

    나는 중학교 2학년 때 첫 생리가 있었다. 엄마에게 상황을 알렸다.

    "아니, 뭔 일이데. 나는 19살 시집와서 있었는데, 기집애가 되바라져서"

    첫 생리라 양은 많은데 엄마는 그 당시 기저귀감으로 만들어 쓰는 생리대를 해 주지 않았다. 여름방학인데 팬티랑 팬티는 모두 꺼내어 입고 쪼그리고 앉아 있으면 나는 큰 잘못을 저지른 몹쓸 년이 된 기분이었다.

꿀꿀하고 젖어서 눅눅한 상태의 나로 일주일을 버틴 끝에 엄마는 네게 기저귀 감을 만들어 주고 빨간 팬티를 사 주었다. 그러면서 여러 가지 지침을 하달했다. 절대 생리대는 낮에 빨면 안 되고 말리는 것도 뒷곁에 널어라. 첫 생리가 보름이나 있는 것도 지치는데, 이런 죄인 같은 압박감이 여자인 자존감을 할퀴고 지나갔다.

우리 집에 세사는 아저씨는 캄캄한 밤에 도둑고양이처럼 서답을 빨고 있는 내 등 뒤로 다가와서는 아는 체를 했다.

"뭐하니, 아 너도 여자가 다 됐구나"

빙글빙글 웃다 갔다. 지금 생각하면 그것은 성추행에 해당하는 개소리다. 그 때는 마치 무슨 큰 잘못한 일을 들킨 것 같은 수치심으로 몸이 오그라들었다.

엄마는 왜 당신도 여자면서 딸의 여자 됨을 방기하고 싶었을까? 당신이 여자로 사는 게 신산해서, 딸이 여자가 되는 과정이 못마땅했을까? 그래서 나는 여자인 내가 싫었다. 그 이후 몇 년 뒤 약국에서 생리대를 팔았다. 그것은 꼭 신문지에 싸서 검은 봉지에 담아 주었다.

생리대란 그렇게 몇 겹을 싸야하는 위험한 것인가 아님 불법인가? 일 년이면 열두 번, 여자들은 열나고 허리 아프고 찜찜한 기분을 털어내고, 일하고 가르치고 있는데 왜 생리대는 금기가 되어야 하는가? 약국엔 남자약사들이 많아서 들어갔다 그냥 나온 경우도 많았다.

슈퍼마켓에서 생리대를 사면 나는 생리대를 카트기 제일 위에 놓고 끌고 다녔다. 생리대는 부끄럽거나 감추어야 하는 대상이 아니다. 건강한 여성이라면 다 하는 건강한 몸의 과정이다. 나는 시위를 하고 있었다. 가끔 나를 째려보는 사람은 아줌마들이었다.

어느 미국 영화를 보면 어머니와 딸이 서로의 성 경험을 나누는 장면을 보았다. 네게는 그 장면이 양상추처럼 신선했다. 우리는 은밀하게 속궁합은 뒤에서만 맞추고 불륜의 숙덕공론이 난무하는 사회 속에 산다.

같은 여자로서 충분히 나눌 수 있는 화제라 생각한다. 성격 차이라고 이혼하는 사람들 중 많은 사람들이 성적 차이로 속앓이 하는데 왜 우리는 엄마와 딸이 서로의 성생활 이야기 하는 것이 금기인가?

내가 결혼하기 하루 전, 엄마가 내 곁을 자꾸 왔다 갔다 했다. 내가 눈치를 채고 엄마에게 말을 걸었다.

"엄마, 나 내일 결혼 하는데 비법이라도 전수 할 것 있음 다 털어 놓으시죠"

"그게 말이다 음~ 음~ 별다른 것은 없고, 여자는 남자가 하는 대로 그저 죽은 듯이 누워만 있거라, 아님 남자들이 의심해. 남자 경험 많다고, 엄마 말 명심해"

아니, 고작 그 말을 하기위해 엄마는 아침나절 내내 내 주변을 어정거린건가? 내가 목석도 아닌데 죽은 듯이 누워 있으라고. 그 날 이후 나는 엄마는 그저 나에겐 엄마일 뿐, 같은 여자로서 이번 생에서는 소통이 불가함을 받아들였다.

결혼생활의 어려움이 있어도 엄마에게는 가지 않았다. 뻔한 애기를 할 것임을 아니까. 너만 잘하면 된다. 네가 참아라, 신랑한테 잘해라 이 말만 할 테니까.

엄마는 왜 같은 여자인 내가 못마땅했을까? 가기 싫은 여상을 갈 때도, 나를 위해 아버지랑 싸워주지 않았다. 당신도 아버지에게 맞고 살아서 주눅이 든 건가? 오히려 큰 오빠에게 부모의 권한을 주어서 우리를 폭력에 시달리게 했다.

그것이 소아마비인 큰 오빠를 지키는 방편이라 생각 했을

테지만 폭력에 노출된 나는 집이 싫었다. 아버지의 잦은 밥상 던지기, 큰 오빠의 매운 신경질과 매를 견뎌내야 했다. 엄마 는 알고도 모른 척, 큰 오빠의 서열을 일등으로 세워 주는 게 가정을 지키는 최선이라 생각한 것 같다.

엄마를 생각하면 아쉬움이 많다. 늘 나는 집을 어떻게라 도 빨리 벗어나고 싶었다. 중학교 때는 간호고등학교를 가서 독일로 떠나고 싶었다. 나는 결혼을 통하여 집을 떠났다. 미 련도 머뭇거림도 없었다. 결혼이 무엇인지? 남자가 누구인지 내겐 그것이 그리 중요하지 않았다. 무조건 집을 공식적으로 탈출할 수 있는 게 목적이었다. 그래서 나는 결혼생활에 혹독 한 대가를 치렀다.

엄마는 나에게는 그냥 엄마였다. 형제가 다섯이니 울 엄 마는 다섯이다. 각각의 성별에 따라, 형제 서열에 따라 말이 달라지고 처방이 다른 나의 엄마였다. 소아마비 장애를 가진 큰 오빠에게는 늘 죄인이었고, 장남 역할을 한 작은 오빠에게 는 늘 미안했고, 나에게는 맏딸 역할을 기대하기도 하고, 여 자로 살아가는 신산함은 외면하고 싶었을지도 모른다. 엄마 는 결혼하고 우리를 낳기 시작하고는 여자로 사람으로 삶이 없어져 버렸다. 엄마로, 아내로, 며느리로 그 밖에 수십 가지

역할을 수행하기에 벅찬 한 생애였다.

　나는 엄마의 사는 방식을 따라 하고 싶지 않았다. 그러나 내 삶도 엄마와 비슷하게 살았다. 아내와 엄마로, 며느리로 넘 많이 기운 빼고 허방다리를 짚으며 오래 산 것 같다. 남은 삶은 사람으로 살다 가고 싶다. 나이 먹어서도 자식의 삶이 내 인생이라고 하는 엄마가 나도 때론 부담이 되었다. 성인이 되면 자식은 자식의 인생을 살고 펼쳐 나가야 한다.

　나는 가끔 '동물의 왕국'을 본다. 사람이 어떻게 살아야 하는지 더 명확하게 보인다. 사람이 만든 규범이 걷힌 동물의 세계는, 자연인으로 어떻게 살아야 하는가를 선명히 보인다. 성장한 자식들을 어떻게 독립시키는지, 우리는 동물에게서 배워야 한다. 자식의 인생에서 어떻게 비켜나고 잔인할 만큼 돌아서야 한다. 각자의 삶에서 주인 되기가 진정한 자유다.

4

직장에서 살아남기

　결혼하기 전 직장생활을 몇 년 했다. 조직에서 남녀 차별은 유난했다. 직원에게 부르는 호칭은 이양, 박 양이다. 그 당시 다방에서 부르는 호칭과 같았다. 남자에겐 철수 씨, 민수씨 인데 말이다. 여자들은 꼭 출근 30분전에 출근해 책상을 닦고 남자들의 커피를 탔다.

　사내에서 연애 사건이 터지면 꼭 여성이 그만 두었다. 더구나 유부남과의 사랑이 들통 나면 여자는 무참하게 욕을 먹으며 소리도 없이 어느 날 사라졌다. 반면 그 유부남은 가슴에 훈장 단것처럼 으스대고, 총각들과 회식자리에서 연애기술을 전수했다. 소위 따먹는다는 비속어를 남발했다..

　이 사건은 여기서 끝나지 않는다. 전 여직원들을 모아놓고 사무국장이 몸들 조신하게 처신 하라고 일장 훈시를 듣고 흩어져야 했다. 이 모든 것이 여자가 꼬리를 친 결과라고, 자기 몸을 함부로 굴러서라고 남자들은 낄낄댔다. 나는 그런 문화가 싫고 소름이 돋았다.

빨간 옷은 입지마라, 메니큐어도 하지마라, 더 가관인 것은 소위 올드미스 선배들이 우리를 쥐 잡듯이 족치는 것이다. 너희들 처신 똑바로 하라고. 그럼 여자들은 어떻게 해야 하나요? 질문하면 조신하게 얌전하게 근무하다 때 되면 현모양처로 들어앉는 것이라고 귓구멍에 못이 박히도록 들어야만 했다.

여자가 있음, 남자가 있는 것이고, 연애를 하면 남자와 여자가 같이 하는 건데 왜 여자는 수치가 되고 남자는 자랑질이 되는가? 나는 이 논리가 역겨웠다. 우리엄마가 말하는 여자는 순결을 잃으면 죽은 목숨인지, 왜 남자는 여자와 잠자는 것이 헌옷에 똥 누기인지? 이 엄청난 괴리를 받아들일 수 없었다.

직장은 결혼하기 전 잠깐 사회생활을 하는 임시정류장 같은 것이다. 대부분 결혼과 동시에 거의 모두가 집으로 안착했다. 사립중고등 교사조차도 결혼하면 퇴직 한다는 각서를 쓰고 취업을 하던 시절이었다.

어느 날 창구에서 일을 하다 남자 직원이 여자직원 뺨을

117

쳤다. 남자 직원은 때려놓고도 길길이 뛰고 있었고 여자 동기는 맞고도 멍하니 서 있었다. 내가 뛰어가 그녀를 보듬어 휴게실로 내려왔다. 오전에 부탁한 서류를 바빠서 깜박 했더니 자기를 무시 하냐며 때린 것이다.

민원인이 다 보는 창구에서도 거리낌 없이 여자를 때린다. 우리는 노조지부장을 대면하고 사과를 요구했다. 그 주임은 마지못해 휴게실로 와서 미안하다는 말을 쭈빗거리며 하고 간 게 다였다. 내 동기는 그 날로 창피해 그만 두었다. 아니 그만두면 때린 놈이 그만두는 게 맞지 않나? 왜 자꾸 정면대결 하지 않고 피하는 여자들도 나는 못마땅했다

결혼하기 전 직장은 그나마 보호막이 있었다. 그러나 결혼을 하고 막상 다시 취업을 하러 나갔을 때 아줌마에겐 남자들이 막 대하는 풍토가 만연돼 있었다.

고등학교 때 늘 순결교육을 부르짖는 선생이 있었다. 그는 양호교사이자 교련교사였다. 우리에게 수업 때마다 순결을 강조했다. 여자에게는 손의 순결, 입의 순결, 가슴 순결이 있다고 매번 강조했다.

그런 그녀가 수업 시간 때 멍하니 창밖을 바라보는 나날이 늘어갔다. 우리는 그녀가 일을 냈음을 눈치 채고 기다렸

다. 그리고 점차 드러나는 허리둘레와, 기미낀 얼굴로 출근했다. 그녀는 출산일이 임박해서야 결혼식을 올렸다. 우리는 그녀에게 따지지도 묻지도 않았다. 그녀의 고충을 묵묵히 이해했고 순결 따위에 휘둘리고 싶지 않은 십대였다.

학교와 집과 직장, 이 삼위일체 교육은 우리 여자들을 길들인다. 사회 질서에 편하게 우리 생각을 하나의 가치로 묶어두고 재단한다. 우리를 포르말렌 용액에 넣어두고 선택과 자유를 뺏는다.

이 생각 또한 40이 너머 자각했다. 그 이전에 나는 주입식 교육 그대로 엄마의 입에서 전수한 대로 살고 있었다. 결혼한 이후 나는 순한 양에서 늑대가 되어야 나를 지켜야 함을 알았다.

5

한 번은 바바리맨을

　내가 남자의 어른 생식기를 정면으로 본 것은 중학교 2학년 때다. 그 날 학교 개교기념일이라 늦게 등교 하고 있었다. 학교 바로 앞 골목길을 9시가 너머 걷고 있었다.

　"이거 봐라"

　갑자기 내 앞에 불쑥 튀어나온 남자가 바지를 훌러덩 벗더니 자신의 물건을 꺼내어 흔들기 시작했다. 난 본능적으로 이게 무슨 일인가 알아챘지만 몸은 꼼짝없이 얼어붙고 말았다.

　남자는 자꾸 다가오고 나는 담 쪽으로 밀리고, 그 남자의 얼굴이 내 코앞에 거의 다 왔을 때 고함 소리가 났다

　"이게 뭐 하는 짓 인교? 지금 학생에게 뭐 하능교"

　아주머니는 연탄재를 버리려 나오다 연탄집게를 들고 소리를 지르기 시작했다. 남자가 주춤 물러나는 순간 나는 상황

을 빠져나와 학교로 달리기 시작했다. 수위실을 보자 그 앞에 퍼질러 앉아 울기 시작했다.

놀란 수위 아저씨가 나와서 묻고 달래도 한동안 엉엉 울었다. 마치 내 몸에 오물이 묻은 것 같은 끈적임과 불쾌감에 분하고 억울했다.

아이들은 기념식이 끝나고 극장을 가자고 아무리 유혹해도 영 내키지가 않았다. 대신 도서관에 가서 가정백과 사전을 펼쳐 놓고 남자의 몸을 뚫어지게 째려보았다. 공포를 느끼고 맥없이 울어버린 일이 창피했다.

또한 남자의 생식기가 왜 그처럼 거대하게 보였는지 알고 싶었다. 그러지 않음 그 공포로 세상 남자들이 무섭고 싫어질 것 같았다. 내 생애 남자 탐구시간이 열린 것이다. 그 날 나는 발기와 사정을 알았고 내가 어떤 과정으로 태어났는지 구체화 시켰다. 물론 나는 집에 와서 엄마에게 말하지 않았다.

말해봤자 몸 간수 잘하라는 일장 훈시나, 골목길로 다닌 것에 대한 꾸중만 떨어질 거라는 생각을 했다. 그날 밤, 약간의 몸살기로 끙끙 거리다 다음 날 학교를 갔다. 그러나 그 사건이 있고 난 나는 예전의 장난 좋아하고 깔깔대던 여학생은 이젠 아니었다.

이 사건은 고등학교를 가고도 계속됐다. 오후 4, 5교시 쉬는 시간이면 아이들이 창가로 몰려 우우 환호를 하며 야유를 했다. 그건 소위 말해서 바바리맨이 출몰 했다는 신호였다. 그럼 몇 분 뒤 교내방송이 시작되었다. 커튼 치라고, 나는 창가에 몰려가 야유를 보내는 것도 하지 않았지만 커튼을 치지도 않았다.

하루는 수학 담임 샘이 들어와서 커튼을 치지 않는 우리 반을 단체 기합을 주었다. 손바닥을 플라스틱 자로 세대씩 맞는 벌이었다. 나는 중2때의 모멸감과 부당함을 느꼈다. 나는 담임 샘에게 항의 했다.

"우리 잘못이 아니고 저 놈 잘못인데 우리가 왜 커튼을 치죠?"

그 날 나는 교무실애 끌려가서 반성문을 썼다. 학생으로 놈이란 언어를 썼고, 선생님에게 대들었다는 괘씸죄까지 곁들어졌다.

그럼 현재 바바리맨을 사라졌는가? 몇 달 전 종로 3가 전철역을 올라가고 있었다. 위에서 아래로 내려오는 노인이 내 앞을 지나가며 말했다.

"이거 봐라"

젊은 여자들은 칵 비명을 지르며 비켜서고, 나는 어이없어 하며 계단을 올라 전철역을 벗어났다. 내 갈 길을 가다 뒤로 돌아서서 다시 전철역으로 가 살펴보았다.

오늘의 바바리맨은 감히 바바리도 없이 젊은 여자들을 놀래키고 겁주고 있었다. 젊지도 않고 추레하고 무뢰한 노인은 그 짓거리가 마치 놀이인양 반복하고 있었다. 젊은 여자들은 놀라고 피해 도망치듯 그 자리를 모면하고 있었다.

화가 났다. 나를 구하기 위해 연탄집게를 들었던 아줌마 빚을 갚아야 할 때가 지금이다. 맞은편 전철역으로 들어가서 다시 올라갔다. 내려오는 노인이 바지 지퍼를 열고 손으로 자기 물건을 보이고 내려오고 있었다. 나는 걸음을 딱 멈추고 노인과 마주섰다.

"에고 그 작은걸 가지고 뭔 짓이예요! 신고 할꺼고, 고추 달린 게 권력인가요?"

노인은 나의 반격에 당황한 듯이 몸을 움찔대더니 계단을 허겁지겁 내려가 모퉁이를 돌아 줄행랑을 쳤다. 나는 노인의 뒷모습이 안 보일 때 까지 서 있다 천천히 계단을 올라왔다.

왜 남자는 생식기를 힘이라고 여길까? 그건 우리 사회가 만든 오랜 통념의 결과물이다. 50대 이후 돌 사진에 보면 답이 있다. 남자는 모두 고추를 드러내고 사진을 찍었다. 사내 아이는 어릴 때 아랫도리를 벗고 다녀도 무방한 일상이었다.

　남자는 이래도 되고, 여자는 이래도 저래도 안 된다는 뿌리 깊은 인식이 가해자인데도 피해자인 여성에게 책임을 떠맡기고 뒷짐을 지고 있다. 그들은 5000년 동안 누리고 있는 권력을 뺏겼다고 페미, 맘충이라고 여성을 공격한다.

　나는 다만 사람으로 살기를 원할 뿐이다. 남자의 생식기는 권력이 아닌 신체기관의 하나다. 함부로 합의되지 않는 곳에서 무기로 쓰려고 하는 것을 나는 혐오한다.

6

오래된 변명, 술

남자는 편한 변명들이 많다. 술 때문에 그리 되었다고 얼버무리면 대충 지나간다. 나도 단체 활동을 할 때 술을 남자들과 같이 마신적도 많다.

회의 할 때 결정 된 일이 세모라면, 밥 먹고 나면 네모로, 술 먹고 나면 동그라미로 변해 있는 황당함이라니! 이런 경험을 몇 번 겪고 나면 술자리까지 가는 배짱을 부려야 한다.

신년 예산은 늘 빠듯하고 공무원은 고자세고 그럴 때는 술 먹는 자리까지 간다. 우유와 우루사 두알 까지 먹고 술자리 전에 밥도 든든하게 먹는다. 밥 먹고 술 먹고 적당하게 상대방 칭찬과 노고를 치하하고 상대방 손에 예산 편성이 있음을 업소 하는 자리는 피곤하다.

술자리에서 내 자리가 제일 안쪽으로 앉게 되자, 옆자리에는 40대 계장이 앉아 밥 먹을 때의 회장님 호칭이 사라지면서 동생 운운하며 수작질이 시작됐다.

왜 전화 안주느냐? 회장이 여자 인 게 대단하다. 그러면서 슬금슬금 허벅지로 손을 갖다 댄다. 우리 지부장들이 내 눈치를 보며 언제 폭발할 건지 긴장하기 시작했지만 나서서 제지하지는 않았다.

이럴 때 가만있으면 그 여자 남자 밝힌다 하고, 팩 하고 소리 지르면 좋으면서도 성질 더럽다고 뒷담화를 한다. 계장은 허벅지를 지나 팬티선 까지 손을 옮기고 있고 맞은편 내 식구들은 애써 모른 척 하지만 긴장 된 공기들로 팽팽하다.

순간, 나도 계장의 허벅지 안쪽에 손을 얹었다.

"나는 만져지는 것보다 만지는 게 더 흥분하는 타입이라, 이것도 괜찮을련지"

맞은편 지부장들이 그제야 계장이 취했다고 일어나서 말리는 척 움직인다.

"너 네들 다 일어나, 일어나. 내일 아침 10시까지 계장 당신 나에게 사과해, 안 그럼 각오하시고"

나도 취한 척 비틀거리며 일어나 집으로 돌아왔다.

다음날 아침 10시, 계장이 전화했다. 어제 넘 과음해서 실수 했다고, 오늘 아침 사람들 전화 받고 알았다고, 회장님께 누를 끼쳤다고. 거듭거듭 술이 원수라고 말하는 걸 멈추지 않았다. 나는 모든 여자가 스킨십을 좋아하지 않는다고 앞으로 조심하라고 그러다 큰일 난다고 경고했다.

나는 그 날 일을 통하여 새로운 걸 알았다. 남자들의 암묵적 동업자 연대의 끈끈함을. 같은 단체의 소속된 동료지만 그 자리에선 그들도 같은 수컷으로 뭉치고 뒷담화를 기대하고 있었다고 본다.

몇 년 뒤 여권이 만료되어 갱신하러 구청을 갔는데 누가 벌떡 일어났다. 그 계장이 여권과에 과장으로 와 있었다. 그는 내 여권을 들고 친히 용무를 다 봐주었다. 같이 간 남편은 요즘 공무원들은 친절하다고 감탄했다.

이처럼 우리 사회는 술 먹고 술 권하는 사회다. 술 먹고 저지르는 성폭행 사건에 유난히 관대하다. 남자들 군대 이야기가 무용담이듯 술 먹고 하는 실수는 영웅담으로 각색되고 회자된다. 실수라는 인식이 넓게 퍼져있다.

"뭐 그럴 수 있지, 술이 억수로 취했대잖아"

관대하다 못해 거론하는 사람이 깐깐하고 쪼잔 하다는 역풍도 만만찮다. 왜 유독 술이면 성 범죄도 심신장애로 미꾸라지처럼 빠져나가는지, 그게 통용되는 사회인지 약이 오른다.

반면 여자에게는 술 취하면 아직도 사회의 비난이 난무하다. 어디 감히 여자가, 술 취했으니 남자들이 집적대지, 이게 무슨 망발인가? 술에 취했던, 반바지를 입었던, 민소매 바람이던 그건 각자의 취향이다. 그것이 성추행이나, 폭행의 원인일수는 없다.

왜 자꾸 사건 그 자체를 벗어난 관계없는 이유로 여성을 몰아가는지 나는 그게 불만이다. 남자와 여자 모두에게 술은 음식일 뿐이다. 적당하게 먹음 관계가 부드러워지고 에너지가 촉발된다.

남자들의 옹색한 변명을 나는 접수하지 않는다. 그건 자신을 합리화 하는 방편일 뿐 그들은 정신 줄을 진짜로 놓는 경우는 드물다고 본다. 술 때문에는 오래된 남자의 변명이다.

7

재수 없는 여자, 사람

87년에 용인에 이사 왔다. 서울이 아닌 지방 특유의 텃세가 그 당시에는 있었다. 가게를 가도 친절하기는커녕 방안에서 사가던 말던 나오지 않는 사람에 당황하기 일쑤였다.

아침, 이른 시간에 택시를 타면 대 놓고 재수 없다고 투덜거렸다. 이유를 따지면 여자라서 그렇다는 데 할 말을 잃었다. 한두 번 겪자 이런 택시기사를 바꿔놓지 않음 딴 여자에게도 또 그럴 것이고 우리 딸 세대도 나처럼 요따위 대접을 받겠다는 생각을 했다.

벼르고 있는 차에 또 첫 손님을 여자를 태웠다고 투덜거리는 기사를 만났다.

"기사님, 왜 손님에게 신경질 이세요"

"제가 언제요, 첫 손님이 여자라 찜찜하다는 거죠"

"기사님 엄마는 남자세요? 택시를 타는 사람들은 다 이유가 있고 이른 아침에 탄다고 찜찜하고 재수가 없다고 말하면 어떤 기분일까요?"

물론 이 택시 기사가 당장 나에게 미안하다고 하지는 않을 것을 알고도 끈질기게 나도 드러내 놓고 개 긴다. 내가 덤비는 것만큼 다른 여성에게는 조심하리라는 생각으로 택시를 타고 가는 내내 계속 애기를 했다. 내릴 때는 꼭 감사하다는 말을 잊지 않았다. 내게는 프랑스 혁명이나, 러시아 혁명 보다 택시기사가 첫 손님이 여자면 하루 영업이 재수 없다는 인식과 싸우는 것이 혁명이다.

칵테일을 배워 써 먹기 위해 그릇 집을 갔다. 사온 유리 글라스가 상표 붙은 곳마다 기포가 있다니, 이건 불량품을 판 것이라 바꾸러 갔다.

"그럴 줄 알았어, 안경 낀 여자는 까다롭지"

아니, 눈이 나빠서 안경 낀 것이랑 기표 있는 불량품 글라스랑 무슨 상관? 나는 오늘 하루 혁명을 한다 생각하고 항의했다. 내게 사과 하라고, 사장은 이 여자가 하면서 거세게 나왔다. 나는 네가 뭔데 이 여자 저 여자냐고 나도 사장이고 뭐고 이 남자 저 남자로 맞받아 쳤다. 옆집 사장도 와서 훈수를 두고 그릇만 바꿔서 가면 되지 어디 와서 따따부따냐고, 내가 용인에서 부모 때부터 살았다고 오히려 큰소리를 친다.

혁명은 한 번에 안 되는 것이다. 프랑스 혁명의 그 지난한 과정을 새기면서 계속 항의했다. 안경 끼었다고 싸잡아 본 것 사과하라고, 두 시간을 넘게 그 남자랑 입씨름을 하고 그릇을 바꾸어 왔다. 중간에 옆집 사장이 중재하는 척 하기에 나도 그러면 안 된다고 돌아서 왔다. 그 그릇 집 사장은 지금도 장사를 한다. 그 이후도 그 집에 가서 그릇을 샀다. 그래야 혁명이 완성된다. 미워도 다시 한 번 작전이다.

시간이 지나면서 남자들 인식도 달라지고 있다. 그러나 누군가 항의하고 성난 얼굴로 돌아 볼 때 세상은 여자들에게 자리를 내어준다고 믿는다. 가만히 나 하나만 참지 하면 또 다음 사람이 같은 경우를 겪는다. 그래서 나는 가끔 분투한다. 한때는 용인깡패라고 별명이 따라 다녔다. 젊은 날에는 끝까지 싸웠기 때문이다.

일상에서 겪는 불편함을 남자들은 겪지 않아도 된다. 물건을 바꾸러 가도 오후에 가야하고, 아침에는 선뜻 가게를 들어가지 않는 습성을 왜 여자들은 겪는가?

일상에서 쓰는 아줌마라는 언어는 결혼한 여자를 낮추어 부르는 말이다. 남자에게는 아저씨라는 말이 있지만 사장님이나 선생이라는 말로 부르는 것이 일반 상식선이다. 아님 남자는 손님 이란말도 자주 쓰는데 유독 여자에게는 아줌마가 통념이 되고 있다.

나는 시장에서 물건을 살 때 여자주인들에게 사장님이라고 불러준다. 풀빵을 구워도 사장이고, 식당을 꾸려가도 사장이 맞지 않나? 왜 여자에겐 호칭도 짠돌이인 사회인가?

정치판에서도 자기 당과 의견이 다르면 그만 아줌마라 부른다. 그녀가 국회의원이던, 장관이던 스스럼없이. 박근혜 대통령이 탄핵 받을 시점에 국회에 걸렸다는 그림을 나는 잊지 않는다. 그녀가 대통령 이전에 한 여성으로 희화화 하는 현실이 대한민국 현실임을 나는 보았다. 어느 누구도 그런 그림으로 내어 걸리는 것은 폭력이다.

8

이름 수난기, 결혼

　결혼하자 이름이 필요 없었다. 새댁으로, 애기 엄마로, 누구 학부모로, 안 사람으로 살면 되었다. 근데 뭔가 허전한 느낌은 무엇일까 헛헛하고 공허함이 썰물로 밀려왔다.

　그러다 여성 잡지에 글을 공모하고, 백일장에 나가고, 등단을 하면서, 내 이름을 다시 걸었다. 우편물이 많아지고 책을 내고 아이들을 가르치는 원장이 되었지만 딱 한 군데만 가면 내 이름이 없어지는 그 곳은 시댁이다.

　시어머니는 돌아가실 때까지 나를 부를 때 "야"였다. "야", "야"였다. 막내야 하고 불러도 좋으련만 "야"였다. 예식장 가서도 멀리서 찾는 호칭은 "야"였다. 큰소리로 나를 불렀다. 날카롭고 쇳소리로 "야, 야" 하고 나를 불렀다.

　그리고 보면 남편을 아범으로, 미진아빠로 부른 적도 없다. 늘 "재권"으로 이름을 불렀다. 당신 막내아들이 장가간 것을 부정하고 싶었을까? 그 속을 모르고 떠나셨다.

막내면서 근 20년 맏이 노릇을 해야 하는 사정이 있었다. 시아버지가 돌아가시고 비석을 했다. 500만원을 들여 해준 비석에는 내 이름이 없었다. 내 아들 이름은 있는데 내 이름이 없다니, 억울하고 참담했다. 500만원은 내가 일한 대가로 세워진 비석인데 이 말 안 되는 현실이 개그로 보였다.

윤년이 왔고 시어머니가 살아 있을 때 조상 묘를 모두 파묘해서 제사를 없애겠다고 통보했다. 또 돈을 들여 대 공사를 했다. 내 금쪽같은 500만원이 한순간에 땅에 묻히고, 그걸 묻는 돈을 또 내가 번 돈으로 했다. 시집에서의 나는 무엇인가? 아이를 낳고 40년을 살았지만 늘 나는 아웃사이더에 있고 내 의견이 받아들인 적이 있었던가? 자문하면 자신이 없다.

의무와 책임을 다 했는데도 나는 왜 남의 살이라는, 문밖에 서성이는 느낌이었을까? 결혼하기 전 가부장적 교육과 결혼 후 길들이기에 익숙하게 살아왔다. 집 밖에서는 나를 내세우고 내 자리를 찾았다고 호언 했지만 집안에서 갈등을 피한 결과가 "야"라는 호칭이었다.

물고기가 물을 떠나 살 수는 없다. 시어머니는 아메리카

드림의 상실과 베트남전의 영향으로 고통 받았다. 역사의 아픔이 당신 인식이 되어 화병 속에서 사시다 가셨다. 아쉬운 것은 같은 여자라는 연대의식과 수평적 관계의 결여였다. 나는 진정한 만남은 혈연이나 촌수가 아니라고 본다. 서로를 이해하는 공감에 있다고 본다.

그러고 보면 나는 한 번도 시누이들에게도 올케라는 말을 들어 본적이 없다. 시누들이 나이 많다는 이유로 아이 이름으로 불렸다. 나는 한 번도 이 호칭으로 불리는 것을 항의 한 적이 없다. 촌수로 정해준 호칭으로도 부르지 않은 그들을 나는 형님으로 계속 불렀다. 시어머니가 105 세로 돌아가시고 나서 이런 생각이 밀물 들어오듯 다시 시작됐다.

40년 넘는 사람구실과 경제적 역할이 아무것도 아님을, 다만 피폐하고 늙은 여자가 거울 속에 있었다. 나는 시어머니 일주기를 추도 예배로 드리며 고여 있는 샛강 하나에 물꼬를 터버렸다. 다 끝났다.

먼 길 —
나 에 게 로
돌아오는 길

책과

잘

놀았다

1

나도 할 수 있어요.

"언니 이거 우리 한 번 해보자"

"대학도 안 나온 내가 할 수 있을까?"

동생이 나에게 신문에 나온 광고를 보여주었다. 94년 봄이었다. 한우리독서 지도사 교육을 6개월 받았다. 이것저것 스킬를 배웠지만 실제 수업을 하기는 막막했다. 한우리 동기들과 스타디를 하면서 모색을 해 봐도 알수록 자신이 없어졌다.

95년, 서울 반포에 이미 15년 전부터 독서토론으로 자리를 잡은 분이 있다는 소문을 들었다. 서너 명이 가서 문의한 결과는 10명을 모아오면 강의를 해주겠다는 약속을 받았다. 여기저기 한우리 출신에게 이야기해서 열 명을 모았다. 수업을 약속한 그 주에 삼풍백화점이 무너졌다. 나는 뉴스 속보를 보자마자 그 분께 전화 했다. 그 분은 집에서 전화를 받아 안

심이 되었다.

그 분의 이름은 노경 선생님이다. 강남에서 수업한지 15년이 가까이 되었고 이곳에 학생이 수업 오려면 2년을 대기해야 한다는 놀라운 사실을 알았다. 첫 시간, 각자 자기소개를 하고 왜 독서지도사를 하려고 하는지를 말하라고 했다. 거의 아이들을 키워놓고 하는 부업으로, 자아실현을 얘기했다. 내 차례가 되었다,

"저는 이 일로 돈을 벌어야 합니다, 저는 직업을 원해요"

나는 동료들과 3개월을 같이 배우고 독서 스타디 반장이 되었다. 날 뭘 보고 반장을 시켜주었는지 몇 년이 지난 뒤 노경 선생님이 말했다.

"절실함을 읽었고, 꼭 성공 할 사람으로 보였죠"

95년, 용인에서 시작했다. 전단지를 만들어 붙이고 기다렸지만 감감무소식 이었다. 동네를 시내 쪽으로 옮겨 붙이고 다녔다. 혹 경비 아저씨께 부탁하기 위해 담배나 박카스를 챙겼다. 누구 한 사람이라도 물어보면 대답하기 위해 책까지 넣은 가방을 두 개씩 챙겨 다녔다.

상담이 들어오면 책으로 토론하는 사례를 보여주며 설명했다. 그러자 구경만 왔다는 사람들도 같이 오는 경우가 있었

다. 잠재적 고객이었다. 시청 여성과에 독서지도에 관한 어머니들 강의 기획을 가지고 가서 설명을 했지만 이 곳 엄마들은 공부에는 흥미가 없다고 했다. 백일장 인연으로 알 게 된 문화원을 찾아가서 기획서를 보여주며 장소만 빌려 달라고 했다. 그리고 학교 앞으로 가서 전단지를 열심히 돌렸다.

문화원 강의 첫 날 엄마들이 엄청 왔다. 강의는 무료로 했다. 저변 확대가 되면 결국 내 강의도 생긴다는 자신감이 있었다. 강의 횟수가 늘어감과 같이 어머니들이 자꾸 더 왔다. 문화원에서도 놀라워했다. 끝나는 날 감사패를 받았다. 도서관 관계자가 청강을 하고 가서 도서관에서 어머니 독서 교실을 열어 달라고 했다. 이 강의는 십년을 했다.

예상대로 개인 강의 문의가 쇄도했다. 혼자서는 감당이 안될 만큼 들어왔다. 아이들 집에서, 내 집에서 강의를 했다. 2000년, 학부모가 영어 학원사무실을 같이 쓰자고 제의를 해왔다. 5년 뒤 영어 학원을 학부모가 그만 두게 되면서 내가 학원을 인수했다.

벌써 30년째 이 일을 하고 있다. 그런데도 질리지 않고 재미가 있다. 나는 어른보다 아무래도 아이들과 소통이 신나고 유쾌하다. 타로를 보면 아기 천사가 계속 나온다. 이유를 물으니 내 속에 아이들의 에너지, 엉뚱하고 재기 발랄함이 많다고 했다. 내가 생각해도 그렇다. 나는 지루한 것이 싫고 권위와 수직적 관계에 서툴고 즉흥성이 뛰어나고 현장에 강한 사람이다.

버스나 지하철을 탈 때 손에 책을 들고 있음 꼭 내려야 할 역을 놓친다. 맞은편으로 건너가서 타도 놓친 날은 혼자 고소를 보낸다. 책에 집중하는 능력, 이야기를 만들어 내는 연관성, 궁금한 것은 꼭 찾아보는 호기심 이런 게 이 일을 하는 원동력을 주었다.

처음 가르친 아이들이 이제 마흔이다. 천만다행으로 아직 아이들이 와 주고, 이 일로 사람들과 소통하고 밥을 벌어 또 공부를 했다. 인문학 붐으로 전국의 도서관을 다니며 강의를 하게 되면서 여러 계층의 사람들을 만난 것도 새로운 긴장을 주었다.

처음에 시작할 때 사람들은 과연 직업이 될까? 했다. 한때 유행이 아닐까 생각했다. 그러나 나는 확신이 있었다. 어느 시대나 책을 읽지 않고는 지식인으로 살 수 없음을 공부를 하면서 알게 되었다. 아이들을 가르치기 위해 한 공부와 책들이 오히려 내 인생을 받쳐주는 척추가 되었다.

내 인생에 감사한 일이다. 독서지도로 나를 이끌었던 내 동생과, 노경 샘이 은인이다. 적어도 내 자식들을 가르치고 누구에게 밥을 살 수 있고, 책을 마음대로 사 보는 것, 가끔 여행을 가며 살 수 있는 미래를 만들었다. 이만하면 부자가 아닌가?

2

선물이 왔다

선물이 왔다.

내가 가르치는 학생의 할아버지가 보낸 것이다. 찹쌀과 들기름 한 병, 노란 보자기에 싸인 걸 받아서 며칠 교자상에 두고 가만히 보았다. 볼 때마다 따스했다.

나는 5년 동안 초급반에서 수능 반까지 하고 나면 언제든 다시 와서 수업을 받아도 교육비를 받지 않는다. 일종의 옵션이다. 초등 2학년에서부터 나와 책을 같이 읽은 아이는 중학생이 되었다.

장발에 머리띠를 하고, 키가 180cm 넘은 훤칠한 남자로 변신 중이다. 아마 아이의 할아버지는 교육비를 받지 않는 것에 대한 고마움을 전한 것이다. 찹쌀은 알갱이가 작고 야무지게 익은 토종이다. 찹쌀을 덜어 몇 사람과 나누었다. 선물자루는 이내 홀쭉해 졌다.

올해는 선물을 작년 보다 더 자주 보냈다. 코로나로 만나지 못하니 자주 마음을 보내려 애를 썼다. 주로 먹는 것으로 선물 꾸러미를 정했다. 닭갈비, 블루베리, 누룽지, 건강빵으로 보냈다.

이 어려운 시기를 이겨 내자는 메시지가 되리라 믿었다. 내가 당신을 잊지 않고 있다는 시그널을 보냈다. 보낸 것보다 더 많이 선물이 당도했다. 책이 왔고, 홍삼이 오고 차들이 오고 크리넥스 휴지가 큰 박스로 왔다.

책과 빵을 두어 번 보낸 페친이 문자를 보냈다. 부담되니 이젠 선물을 보내지 말라는 메시지다. 마음이 움찔한다. 그 사람이 하는 일과 글에 응원을 보낸 것인데 호의를 거두라는 말로 들린다. 그럼 무엇으로 마음을 전할 수 있나? 소소한 관심의 표시인 것을. 선물을 보낼 때는 꼭 상대방에게 보내는 것보다 나에게 에너지가 필요할 때도 있다.

평소 호감 가는 사람과, 출판사가 책을 내면 몇 권 사주고 싶고, 또 그걸 나누고 싶다. 나는 선물이 오면 상상한다. 내게 이걸 보내기 위해 택배를 부치고 오롯이 네게로 오는 마음에 젖는다. 그럼 행복하다. 따뜻하다. 먹는 선물은 되도록 냉동

실에 넣지 않는다. 누구와 나눌까 생각하고 동네와 가까운 지인에게 보낸다.

올해는 노는 장소도 변경했다. 서점 보다는 우체국에 자주 갔다. 내 택배도 보내면서 남들이 보내는 선물 꾸러미를 구경하는 게 행복했다. 캄보디아 외국인 노동자가 어머니를 위한 변기 카버를 포장하는 뽁뽁이와 씨름하는 모습은 손난로를 주머니에 넣어 만지고 있는 느낌이다.

아트박스 가서 학용품을 구경하는 것, 밤하늘을 자주 쳐다보는 것이 네게 선물하는 일상이다. 재래시장 가서 고구마를 사고, 칼라플한 양말을 딱 한 켤레만 사서 주머니에 넣고 돌아다니는 것, 쭈꾸미 파는 여자에게 사장님이라 불러 주는 것이 타인에게 주는 나의 선물이 된다.

"현실이란 모든 역사, 모든 우화, 모든 신적인 것, 모든 초현실 보다 지독하게 우월하지 않는가."

고흐를 남다르게 평가한 〈앙토냉 아르트〉의 이 한 문장을 발견한 날 사는 게 새롭게 닥아 온다. 오늘이 선물이다. 오늘을 사는데 "으샤 으샤" 하는 응원가는 신화다.

3

최고로 남는 장사

살면서 가장 남는 장사는 되로 주고 말로 받는 장사다. 이것만큼 수지가 맞는 장사가 없다. 하물며 목숨을 받은 일도 있다.

2004년 한 집에 형제를 가르쳤다. 작은 아이 일기장에 엄마가 울면서 술 먹는다는 일기가 자주 등장하더니 수업을 그만 두겠다는 전화가 왔다. 학원을 끊는 전화에는 주로 짧게 통화한다. 이미 결정해서 통보 하는데 길게 말하지 않는다. 계속하라는 이야기로 받아들이는 것에 내 자존심이 떨어진다.

"그러세요, 그동안 감사해요"

일단 이 말을 먼저 하고 학원을 그만 두는 것으로 접고, 차나 한 잔 하자고 했다. 그 날 그녀를 만나 커피를 마시다 밥까지 먹게 되고 가정사를 듣게 되었다.

남편이 알루미늄 샷시 공장을 하다 부도가 나서 도피중이고, 아파트가 경매로 넘어가 빌라 반 지하로 이사를 했다는 것이다. 어떻게 살아야 할지 막막하다는 그녀에게 학부모라면 절대 말하지 않는 나의 흑역사를 고백했다. 동병상련을 느꼈던지 우리 둘은 그날 밤 얼큰하게 술에 취했고 비밀계약까지 맺었다.

그녀는 결혼하기 전 일 했던 간호조무사 일을 하기로 하고 나는 아이들을 공짜로 가르쳐 주기로 했다. 그녀는 충실히 일을 했고 아이들도 착실히 학원을 다녔다. 2년 뒤 스승의 날, 그녀가 내 속옷을 사 들고 학원을 방문했다.

사무실 책상 유리아래 꽂힌 내 건강검진 표를 그녀가 봤다. 당장 검진 예약을 잡고 아이들을 집에 보내 관장약까지 챙겨왔다. 얼떨결에 다음날 검진을 하러 병원에 갔다.

그녀는 일반검진으로 바꾸어 놓아서 VIP 대우를 받으며 검사를 받았다. 그리고 며칠 뒤 CT 검사 예약을 잡아 놓았다고 전화가 왔다. 이미 잡아 놓았다는 말에 거부도 못하고 검사를 받았다. 두어 시간 뒤 그녀가 네게 오더니 신장에 물혹이 있어 며칠 뒤 신장과가 있는 다른 병원으로 예약을 잡아놓았다고 이야기 했다.

아무 생각 없이 다른 병원에 가서 이미 찍은 CT 사진과 소견서를 보였다. 의사는 네게 암인 줄 알고 왔냐고 말했다. 나는 무슨 얘기냐고 물었다. 의사는 CT 사진을 방사선과에 가서 다시 판독 하고 오겠다고 병실을 나갔다.

그 20분의 시간 동안에 공부와 일에 허덕거린 시간이 영화 필름으로 차르르 흘렀다. 결과는 신장 암 이었다. 나는 2007년 1월에 신장암 수술을 받고 왼쪽 신장 반을 잘라 냈다. 1기라 항암치료나 방사선 치료는 하지 않았다.

입원실에서 다른 신장 암 환자를 보면 대개 피오줌이 나오는 3기에 발견된다. 방사선과 항암치료를 병행하는, 고통이 동반하는 치료 과정을 밟게 된다. 아무 통증이 없는 초기에 발견한 것은 오직 그녀의 배려 덕분이었다. 미련하게 잘 버티는 나는 아마 말기가 되어서야 내 병을 감지했으리라.

내 간에 500원짜리 동전만한 염증자국이 있다. 이 정도 간염을 앓으면 보통 사람은 입원 3개월은 치료해야 낫는데 미련하기가 곰탱이 수준이라고 의사는 혀를 찼다. 나는 그때도 땀이 흥건히 났고 피곤함을 느꼈지만 일이 많아서 당연한 곤함이라고 넘어갔다.

IMF때, 2002년 나라에 큰 일이 있을 때마다 사는 게 서민들은 어렵다. 아이들은 배울 시기를 넘기면 몇 배로 공부하기가 힘들다. 내가 할 수 있는 일은 도망 다니는 아빠나 엄마를 돕는 일이다. 그 일이 가르치는 일이다. 그렇게 해마다 서너 명을 졸업 시켰다. 내가 늦깎이라서 그런지 돈 때문에 공부 할 기회를 박탈하는 것은 모든 어른들의 책임이라 생각한다.

코로나인 지금도 그렇다. 작년에 학원 문을 3개월 닫았다. 또 그런 일이 생길 수 있다. 몇 명은 수업료가 10개월이나 밀렸다. 카드로 한꺼번에 끊으러 온다고 전화가 왔다. "카드사에 쫄리지 말고 되는대로 천천히 주세요"하고 말았다.

내게는 명품인 등산 스틱이 있다. 500만 원 짜리다. 아이를 가르치고 졸업한지 10년이 넘어 전화가 왔다. 교육비 갚을 형편이 되었으니 계좌번호 주라고. 그래서 지금 딱 필요한 등산 스틱이나 하나 사 달라고 했다. 며칠 뒤 부부가 음료수를 사들고 왔다.

가끔 일하다 마음 상한 날이거나, 일에 대한 회의가 드는 날이면 500만 원 짜리 스틱을 꺼낸다. 스틱에 물휴지 감아서 침대 밑 먼지를 잡아낸다. 웃기지 마라 이렇게 나도 팬들이 많다 하면서.

나는 계속 되로 주고 말로 받을 작정이다. 이 우주에 덕을 지어 놓으면 풍전등화 앞에 섰을 때 우주는 귀인을 보내 내 편이 된다. 최고로 남는 장사는 내가 하는 일로 덕을 쌓는 일이다.

4

아이들이 쉬어 가는 간이역

수업 하는데 문이 벌컥 열리며 거구가 등장했다.

"샘, 세배 받으세요"

반 기브스 플라스틱 받침 보조기 찍찍이를 두두둑 풀더니 맨 바닥에 넙죽 엎드려 큰절을 한다. 말릴 새도 없이 어어 하다가 세배를 받았다. 수업하는 아이들은 믿어지지 않는 풍경과 그 거구와 나를 쳐다보기 바쁘다.

녀석은 일하다 그대로 온 차림, 네이비 색 항공 잠바 차림에 군데군데 흰 얼룩이 묻어 있다.

"샘, 저번 주에 왔는데 학원 문이 닫혀서 또 왔어요"

아차, 저번 주에 겨울 방학을 한 주 하느라 학원 문을 닫았다.

3년 수업하던 동안 녀석은 무던히 내 속을 긁었다. 일관되

게 책을 읽지 않고 오고, 숙제를 듬성듬성 빼먹었다. 녀석과 학부모에게 아마 그만두라는 얘기를 수십 번을 했으리라. 그럴 때마다 그 어머니는 "샘, 저 아무것도 안 바래요. 그냥 앉아서 듣기만 해도 샘 수업이 좋데요"

그렇게 녀석과 몇 년을 씨름을 했다. 방학 동안에 노가다를 뛰고 와서는 같이 간 친구들은 3일 만에 힘들어 도망갔는데 자기는 3주를 버텼다고 너스레를 떨었다.

"이게 다 샘 덕분이죠, 벌로 매주 일어났다 앉았다 300번의 힘입니다"

이혼 한 아빠 집을 다녀오면 아빠가 술을 많이 먹는다고 걱정 했다. 가끔 시내 편의점에서 야간 알바를 하는 녀석을 몰래 훔쳐보고 오기도 했다. 그 편의점 앞에서 담배 피우다 내가 툭 건드리고 옆에 서면, 담배를 어떻게 할 줄 몰라 안절부절 하는 녀석이었다.

"입안에 넣치 말어, 너 그럼 뽀뽀도 못 한다"

녀석이 뻘쭘 할까봐 시답지 않은 말을 해주며 좀 낄낄대다 왔다.

녀석은 전문대를 갔다. 휴학하고 인천 형이 하는 통닭집에서 닭을 튀기고 왔다고 다리와 팔에 수십 개 기름에 데인

상처를 달고 찾아오기도 했다. 작년엔 엄마와 형과 마스크 공장을 차렸다고 마스크를 한 통 주고 갔다. 이번엔 마스크 공장이 잘 돌아가 직원이 30명이 된다고 녀석이 희소식을 전했다. 내가 수업 중이라 애기도 못 나누고 황망히 돌아갔다.

가끔 가르친 아이들이 찾아온다. 애인과 와서 밥 사달라는 애교파도 있다. S대나 일류대를 간 녀석들은 거의 안 온다. 고만고만한 대학을 가서 군대 간다고, 수도권 로스쿨에 자꾸 떨어진다고 하소연 하러 온다. 부모가 이혼 한다고 오고, 경찰 시험 친다고 자기 소개서 봐 달라고 온다.

나는 그 아이들이 각자의 자리에서 자기 몫의 삶을 살아가는 성인으로 그 들을 대한다. 못난 소나무가 선산을 지키듯이 사회의 초석이 그들이라 믿는다.

어제는 노란 참외를 들고 가현이가 왔다.

"샘, 봄이잖아요, 이쁜 후리지아 받으세요"

녀석은 가끔 불쑥 잘 나타난다. 주말 알바를 구해 주었더니 상납하는 거란다. 녀석들이 기운 내려고, 잠시 쉬어가는 간이역이면 내 역할은 족하다. 다시 한 걸음을 내딛기 위해 내게로 오는 길임을 안다.

나도 녀석들로 살아갈 힘을 얻는다.

"나, 괜찮게 산거 맞네"

나 혼자 으슥으슥 했다. 녀석이 다시 오는 날까지 내가 녀석에게 큰절을 올리고 싶다. 잠깐 목울대가 뜨끈했다.

5

다시 한 번은 더

100만 번 산 고양이 / 사노 요코 글 그림 / 김난주 옮김 /
비룡소 2002년

이 책은 그림책이다.

백만 번이나 죽고 다시 태어난 멋진 얼룩 고양이가 있었
다. 백만 명의 사람이 좋아했고 백만 명의 사람이 고양이가
죽을 때 울었다. 그러나 고양이는 단 한 번도 울지 않았다.

한 때 고양이는 임금님의 고양이였다가, 뱃사공의 고양이
였다가, 서커스단의 고양이였다가, 도둑의 고양이였다. 전쟁
터에서, 바다에서, 서커스단에서, 밤거리에서 고양이는 최고
의 사랑을 받고 주인들은 슬퍼하며 고양이를 묻어주었다. 한
할머니의 고양이였을 때 나이가 들어 죽었다. 어린여자 아이

의 고양이였을 때 포대기 끈에 목이 졸려 죽었다.

한때 고양이는 도둑고양이로 태어났다. 누구의 고양이가 아닌 자기만의 고양이가 되었다. 다른 고양이들이 이 얼룩 고양이의 신부가 되고 싶어 했지만 백만 번이나 죽어본 고양이는 자신을 좋아했다.

하얗고 흰 고양이를 좋아해서 새끼들을 많이 낳고 기르면서 얼룩 고양이는 백만 번이나 죽었다는 말을 하지 않게 되었다. 새끼들이 모두 독립하고 흰 고양이랑 오래오래 살고 싶다고 생각했다.

어느 날 흰 고양이는 숨을 거두었다. 얼룩 고양이는 처음으로 울었다. 밤이 되고 아침이 되도록 계속 울었다. 그러다 흰 고양이 곁에서 숨을 거두었다. 그리고 다시는 태어나지 않았다.

얼룩 고양이는 흰 고양이가 죽고 나서 처음으로 왜 울었을까? 그토록 임금이, 어부가, 마술사가 사랑해도 울지 않던 고양이였다. 자신이 스스로 사랑하고 선택했기 때문이다. 자신이 주체적으로 선택한 대상에게 최선을 다하면서 사랑했기 때문에 슬픔이 깊었다.

이 책을 읽으면서 나는 어떤 삶을 살 것인가를 생각했다.

누구의 삶을 대신해서 산 느낌, 기준이 내가 아닌 타인이거나 통념이었다는 사실이 뼈아프다. 고양이의 삶은 도둑고양이의 삶이 최고다. 사람에게 길러지는 애완용 고양이보다 스스로 쟁취하고 스스로 선택하는 충만함이 답이다.

누구의 누구로서 사는 삶은 늘 구경꾼의 삶. 소비되는 삶이다. 나이 40이면 이 정도는 돈이 있어야 되고, 나이 50이면 저 정도의 자리에는 올라가야지라는 생각의 허망함을 이 책은 말한다. 누구를 비춰주는 삶, 누구의 배경이 되는 인생으로 행복하지 않는 이유를 그림책은 말한다.

이 세상을 등 질 때, 아무 미련이 없는 삶, 다시 태어나고 싶지 않을 만큼 만족한 삶이면 좋겠다.

6

나의 길을 간다

나무를 심은 사람/ 장 지오노 지음/ 김경은 옮김 /두레 1995년

"한 사람이 참으로 보기 드문 인격을 갖고 있는가를 알기 위해서는 여러 해 동안 그의 행동을 관찰 할 수 있는 행운을 가져야만 한다. 그 사람의 행동이 온갖 이기주의에서 벗어나 있고, 그 행동을 이끌어 나가는 생각이 더 없이 고결하여 어떠한 보상도 바라지 않고, 그런데도 이 세상에 뚜렷한 흔적을 남겼다면 우리는 틀림없이 잊을 수 없는 한 인격을 만났다고 할 수 있다."

이 서문 하나가 주인공 '엘제아르 부피에'의 위대한 삶을 말해준다. 내가 여행자로 첫 만났을 때 그는 묵묵히 내게 물

과 먹을 것을 제공한다. 다음날 하루에 도토리 100개를 심는 모습을 본다. 자신의 땅도 아니면서 황무지에 수십 년간 나무를 심는 그를 보면서 외경심을 가진다.

그는 아내와 아들을 잃고 나서 고독을 받아들인다. 양들과 같이 척박한 환경과, 그 곳에서 숯을 구우며 절망한 이웃들의 삶에 희망이 되리라 결심한다.

나는 1차 세계대전을 겪은 후 맑은 공기를 마시러 그 곳을 다시 찾는다. 그 곳은 숲이 되어 있었다. 오직 부피에의 손과 영혼에서 한 일이 냇물이 되고 벌들이 찾아오고 사람들이 찾아와 마을을 이루고 있었다. 나는 매년마다 그 곳을 찾아 부피에의 연구와 신념이 만들어낸 현장을 본다. 부피에는 한꺼번에 나무가 죽는 절망를 이겨내고, 철저한 고독 속에서 말하는 습관도 잃어버린다.

평화롭고 규칙적인 일, 고산지대의 살아 있는 공기, 소박한 음식, 그리고 무엇보다 마음의 평화가 노인을 건강하게 살게 한다. 이 모든 것은 오직 한 사람의 육체적 정신적 힘만으로 가능했다.

이 책은 마음을 다스리기 좋은 책이다. 노년을 어떻게 살 것인가? 이보다 더 적절한 책은 어디 있을까 싶다. 부피에는

55세가 넘어서 나무를 심기 시작했다. 우리 사회에서 이 나이면 일선에서 물러나 이젠 쉬자 하는 나이다. 그러면서 외로움을 호소하고 소외를 사회적 문제로까지 확대한다.

비단 나무심기만 있을까? 그것이 무엇이든 내가 할 수 있는 일에서 타인과 사회에 희망이 되는 일이란 의미 있는 일이다. 항상 자기 이익을 생각하니 일이 없다. 일이 없으니 소통이 없고, 자연스럽게 우울과 권태가 정신과 육체를 나약하게 만든다.

내가 한 게 이 정도는 되는데 저 사람은 내게 왜 저러지? 라는 서운한 마음이 들 때 나는 이 책을 집어 든다. 천천히 읽다 보면 서운함이 사라지고 속 좁은 마음이 민망하다. 우리는 무엇을 할 때 꼭 보상을 바라고 한다. 그러다 보니 일을 오래 할 수 없고, 늘 남이 알아주는 일을 찾아 허비한다.

십 만개의 도토리를 심어 2만개의 도토리가 싹을 틔어도 그 일을 묵묵히 하는 우공이산의 자세가 관건이다. 나는 '콩 심은데 콩 나고 팥 심은데 팥 난다'는 말도 틀린 말이라고 생각한다. 콩을 심어도 안 날수 있다. 그리고 엉뚱한 것이 나기도 한다. 이걸 받아들이는 경지가 되어야 마음의 평화가 온다.

아무리 선으로 시작 한 일도 곡해로 끝날 수 있고, 남들이 끝내 오해로 마무리 짓는 결과도 있다. 이럴 때 우리는 분노하고 상처를 받는다. 그러나 부피에는 한결같이 침묵하며 자기의 신념을 지켰다.

아이들 수업이 나머지 수업을 하고 애를 써도 결과가 나오지 않을 때, 나는 이 책을 읽는다. 내가 부피에처럼 더 연구할 것은 없는지 돌아본다. 그리고 침묵하기 위해 이 책을 읽는다. 오직 내 신념에 어긋나지 않았음 된 거라고 나를 토닥토닥 덮어주는 책이다.

고결한 삶이란 유명한 것과 아무 관계가 없다. 오히려 이름 없이 살다간 사람에 더욱 신뢰가 가는 요즘 세상이다.

7

읽었으면 혁명하라,

　잘라라, 기도하는 그 손을/사사키 아타루 지음/ 송태옥 옮김/ 자음과모음 2010년

　이 책은 다섯 밤을 나누어 얘기하고 있다. 그 다섯 밤은 읽고 쓰기란 무엇인가?에 대한 질문과 토론이다. 나의 읽기는 이 책을 읽기 전과 읽기 후로 나눈다. 이 책을 읽기 전에는 나는 책을 읽었다는데 만족했다.

　"아, 나 이 책 읽었어"

　그것으로 충분했다. 기억에 남는 것은 다이제스트로 짧게 기록하고 남들 앞에서 읽었다고 과시를 내면 더 만족한 상태였다. 그러니까 읽은 것은 안다는 개념이지 그걸 내 삶에 어떻게 적용하는지, 별게였다. 그러다 이 책을 읽었다. 그리고

뒷덜미를 해머로 맞은 느낌이었다. 나는 한 번도 책을 내 삶으로 가져오지 못함을 안 것이다

열사 전태일이 읽었다는 근로기준법을 도서관에서 몇 장 복사해 와서 읽어 보았다. 그가 한 명이라도 대학생 친구가 있었으면 좋겠다고 했는지가 공감 되었다. 어려운 전문용어에 겹겹이 중복되는 법률 한자 낱말에 기진맥진 했다. 그런데 전태일은 그걸 버스 속에서, 작업장에서 읽었다니 존경심이 들었다. 결국 전태일이 이 땅의 노동자를 위하여 자기 몸을 불쏘시개로 내어 논 힘은 그가 근로기준법을 읽었기 때문이다.

이 책은 이런 사례들을 하나하나 우리들에게 제시하며 읽는다는 것은 혁명이라고 말한다. 마르틴 루터가 성경을 읽고 95개의 반박문을 독일 대성당에 내 걸은 힘은 읽기다. 루터는 말한다.

"읽기란 기도이고, 명상이고, 시련이다"

성경을 읽은 힘은 종교개혁을 이끌어냈고, 독일어는 유럽에서 책쓰기에 합당한 언어로 격상 되었다.

루터는 반박문을 부정하고 용서를 구하라는 황제 카를 5세가 기다리는 브롬스 국회로 소환된다. 루터는 자기 자신이 읽은, 그렇게 쓰여 있다고 밖에 할 수 없는 말을 근거로 이렇

게 표현한다.

"나는 내가 든 성구를 따르겠다. 나에게는 달리 어떻게 할 도리가 없다"

이것은 성경을 읽은 자로서의 각성이다. 루터는 근대 최대의 '무법자', 즉 법의 바깥에 서 있는 자가 되었다.

루터는 1522년, 신약성서를 라틴어가 아닌 독일어로 써 내려간 '9월성서'가 출간 되고 그 당시 책값은 오늘로 소 한 마리 값이었다. 이 책은 1534년까지 85쇄를 찍었고 10만부가 팔렸다. 이제 루터는 16세기 최대의 저작자, 문학자가 되었다.

우리는 이를 통하여 읽기에서 시작된 것이, 쓰고, 번역하고, 편찬하고 ,설교하는 과정을 거듭하며 얼마나 힘을 가지게 되고 세계사를 바꾸는지를 알게 된다.

성 아우구스티누스의 사례를 보자. 그는 32살이 될 때까지 변론술과 다신교로 신앙을 의심하고 고뇌에 빠져 있었다. 그런 그가 어느 날 신의 목소리를 듣는다.

"집어 들고 읽어라, 집어 들고 읽어라, 집어 들고 읽어라"

그는 소리에 이끌려 어머니가 가지고 있던 사도 바울이 쓰 로마서를 읽게 된다. 이 사건을 계기로 그는 도시의 주교로, 성인으로 추앙 받는 인물이 된다. 여기서도 읽는 이 행위가 한 사람을 전혀 딴 세계로 만든다.

무함마드를 우리는 이슬람종교의 최초의 예언자라 부른다. 그는 마흔이 될 때까지 시장을 헤매고 다니며 먹고사는 평범한 남자다. 그는 동굴에서 명상을 하다 대천사 지브릴이 나타나자 두려움에 떨며 도망쳐서 집으로 돌아온다. 그의 아내 하디자의 격려를 받고 다시 동굴로 갔을 때 문맹인 그에게 읽으라고 말한다. 무함마드는 이를 몇 번이나 거부했고 천사는 그의 목구멍을 찢고 심장을 꺼내 씻어준다. 무함마드는 비로소 읽게 되고 쓰게 된다.

읽고 쓴다는 의미는 바로 이 정도의 일이다. 면죄부를 발행하고 결혼과 방종을 일삼는 대주교가 군림하는 세계가 잘못되었는지, 성경을 읽은 루터가 잘못되었는지를 생각하게 한다.

전태일과 루터에게 읽기란 가혹한 것을 받아들이는 행동이다. 그러니 위정자들은 분서갱유를 통하여 책을 없애고 글쓰는 자를 핍박하며 책을 국가에서 관리 대상으로 삼았다.

오늘 날 우리는 어떤가? 책도 소비재로 전락시키고 있지 않나 질문해 봐야 한다. 논어를 읽었으면 군자가 되도록 애를 써야하고, 성경을 읽었으면 인류애를 발휘해야 한다. 그런데 책을 읽어서 더욱 곤고한 자기 고집만 부풀리는 사람이 있다.

이 나이에 이 정도는 읽어야지 류의 책을 보고 있음 책의 본질이 변질되고 교양 정도의 악세사리로 전락함이 안타깝다. 철학자 니체는 이런 말을 했다.

"ㅡ 문득 펼쳐 본 책 한 줄의 미미한 도움으로 번혁이 가능하다. 그 하룻밤, 그 책 한 권, 그 한 줄에 혁명이 가능해질지도 모른다"

니체는 '짜라투스트라는 이렇게 말했다'제 4부에서 이렇게 적고 있다.

"그대들, 창조하는 자들이여, 보다 높은 인간들이여! 잉태한다는 것은 자신의 아이를 잉태 한다는 것이다"

읽는 자는 쓰는 자가 돼야 하고, 삶에 혁명을 일으켜야 한다.

8

가장 높이 보는 자

갈매기의 꿈/ 리처드 바크/송은실 옮김/소담 1990년

내가 여행 갈 때 꼭 가지고 가는 책이다. 해외여행을 갈 때는 짐을 넣고 빼기를 거듭 하지만 이 책만은 가지고 간다. 73년에 처음으로 이 책을 읽었으니 수십 번을 읽었다. 그래도 읽을 때마다 원근법으로 보이는 문장이 새롭다.

조나단은 멸치를 찾아서 날기를 그만두고 자신의 한계를 뛰어 넘기 위해 계속 속도와 높이 도전을 한다. 홀로 날기의 한계를 느끼고 다시 먹는 것에 만족하는 이전 생활로 돌아가 있는 그대로의 생활에 만족하기로 한다. 그러나 곧 후회하고 자신을 면밀히 살피고 짧은 날개로 도전하여 자신이 티끌이 아님을, 자신의 몸이 속도에 의해 산산이 부셔져버릴 공포를

물리친 것에 대해 만족한다.

　계속 도전하여 최고 속도에서의 방향전환과 여러 가지 새로운 나는 방법을 도전 하여 삶의 목적을 발견한다. 조나단은 이제 무지로부터 벗어나 스스로를 향상 시킬 수 있는 지적이고 우수한 존재인 것을 증명한다. 그러나 조나단은 이 비행술로 무리로부터 추방당한다. 조나단은 갈매기 무리에게 사는 목적을 배우고, 발견하고, 그래서 좀 더 자유롭게 되어야 한다고 역설 하지만 무리는 냉담하다.

　그는 벼랑에서 홀로 비행을 계속한다. 그의 슬픔은 고독감이 아니라 다른 갈매기들이 자신이 느낀 기쁨을 믿지 않으려 한다는 것이다. 그는 육체적 기술만으로는 불가능 한 것도 정신력으로 가능하다는 것을 알게 되었다. 갈매기의 삶이 죽음에 이르는 것은 시간이 아니라 권태와 공포와 분노가 삶을 짧게 함을 깨닫게 된다.

　그 뒤 셜리반과 치앙이 있는 세계로 들어가 한계가 없는 세계를 경험한다. 그것은 시공을 뛰어넘는 세계였다. 우리가 말하는 하늘, 천국은 어떤 특정한 곳이 아닌 충만함으로 가득 찬 세계, 경지였다. 조나단은 그곳을 떠나 예전 갈매기의 세계로 돌아온다. 그리고 무리로부터 빠져 나온 제자들을 가르친다.

끊임없이 도전하는 제자 플레처에게 시공을 뛰어넘는 세계를 전수하고 그는 자신의 세계로 떠난다. 플레처에게 이 말을 남긴다.

"눈으로 보이는 것이 자기라고 믿지 마라. 자신에게 숨겨져 있는 진정한 자아를 발견하라"

살아오면서 삶을 한계를 짓는 소리를 타인으로부터 계속 들었다. 가시나가 뭘 하려고, 고졸인 주제에 부원장을 하다니, 며느리는 몰라도 돼, 주부가 해 봤자지, 지방출신이 하는 게 그렇지, 토박이도 아니면서, 그 나이에 공부는 해서 뭐 하게, 여자들이 하는 인문학은 허름하지, 메이저 문예지 출신이 아닌데 등 참 많기도 하다.

문제는 내가 스스로 그걸 인정하고 승복 했다는 것이다. 그리고 적당하게 길들여져서 살았다. 그것이 편하고 안전하고 무리 속 끄트머리 자리라도 허용이 가능 하니까 덜 외로웠다.

그러다 문득 생각 한 것은 나는 나만의 속도와 한계를 가져야 한다는 것. 삶의 의미와 목적을 내가 정해야 함을 알았다. 이걸 알고 행동에 옮기자 숨쉬기도 편하고 걸음도 정확해졌다. 어디에 머물러야 하고 어디로 향해야 하는지 방향이 또

렷해졌다.

　그러자 중심이 없어졌다. 내가 있는 자리가 중심이 되었다. 늘 세상의 중심을 향해 쫓아가느라 숨이 찼다. 느긋해지고 타인을 향하는 시선에서도 자유로워졌다. 저 사람의 중심을 내가 인정한 것이다.

　한때 조나단이 간 하늘의 세계, 시공을 뛰어넘는 일치된 세계를 탐구하고자 하는 마음을 갖기도 했다. 이제 거기까지 알기는 남은 이번 생이 너무 짧다는 것을 인정했다. 지금 지상에서 이렇게 태어난 삶에 충실하고 싶다. 내 삶이 짧지 않도록 권태에 시달릴 때 벌떡 일어나기, 다시 기를 움직이고 의지를 모을 것을 이젠 알고 실천한다.

　늘 살면서 이게 아닌데 이게 아닌데 한 것이 끝없는 에너지의 추동이었다. 힘든 때가 날개를 퍼득이는 중이었음을 알게 해준 이 책은 나의 보물이다. 특히 노동현장에서 책을 읽는 나에게 눈살을 찌푸리고 꼴불견 눈길을 보낸 동료들이 답답했다. 왜 부당하게 중간관리자의 말도 안 되는 시시껄렁한 농담에 동조하는지, 참담할 때 이 책은 처방전이 되어 주었다.

　이 책의 문장들은 일회용 밴드처럼 내 주머니에서 나를 보호했다. 조나단처럼 살 수 없어도 적어도 다른 세계로 나아가는 길 위에 있음을 제시 해준 나의 나침반이다.

여기가 나의 종착역이 아니고 계속 나아지고 괜찮은 사람으로 살아가야 함을 잔인하게 말하는 책이다. 지상에서의 삶으로 다음세계를 선택한다는 것은 멋진 것이지만 동시에 섬뜩한 실제 상황이 아닌가! 그러나 내가 선택할 수 있는 자유의 냄새가 나는 기대된다.

배우고 발견하고, 스스로를 단련시키고, 사람들에게 善을 발견하는 일을 도우는 일이 사랑이다. 사랑을 실천하는 삶. 이것이면 이번 생은 충분하다.

9

내 방은 어디인가?

자기만의 방/ 버지니아 울프/ 이미애 옮김/ 믿음사/ 2006년

내 방은 어디인가? 결혼하기 전까지도 동생하고 같이 방을 썼다. 결혼하고 언감생심, 내 방은 꿈도 못 꿀 일이었다. 지금은 내 방이 있다. 아이들과 수업을 하는 사무실이 완벽한 내 방이다.

노트북을 챙겨 새벽에 집을 나서서 사무실에서 모닝커피를 먹는 날은 많은 일을 할 수 있다. 가끔 사무실에서 밤을 새우기도 한다. 바로 맞은편이 경전철 역이라 첫차 타고 가는 사람들을 보고 있음, 하루가 싱그러워진다. 장마철 비오는 새벽은 차분하게 나를 행궈 준다.

나만의 돈이 있는가? 있다. 둘째를 임신하고 첫째를 키우

는 두어 해 빼고는 일을 계속 했다. 경제적 책임은 부부 쌍방에 있다고 생각했다. 무엇보다 지출할 때마다 허락받는 느낌이 걸쩍지근했다. 나는 나를 건사할 최소한의 경제적 자립을 목표로 연금을 들고 돈을 저축했다.

이런 내 의식의 중심을 세운 책이 자기만의 방이다. 1900년대 초기를 살다간 한 여자의 족적은 내게 많은 생각을 주었다. 자기만의 방과 500파운드의 돈이 절실했던 여자. 숙모가 유산으로 남겨줘 해마다 받는 500파운드가 이 여자의 삶을 풍요롭게 하고 책을 사보고 글을 쓰게 한 안전장치였다.

버지니아 울프는 숙모의 유산이 얼마나 자신의 삶을 변화시켰는지를 적고 있다.

"고정된 수입이 사람의 기질을 엄청나게 변화시킨다는 사실은 참으로 놀라운 일이다. 이 세상의 그 어떤 무력도 나에게서 500파운드를 빼앗아 갈 수 없다. 음식과 집, 의복은 영원히 나의 것이다. 그러므로 노력과 노동만 끝나는 것이 아니라 증오심과 쓰라림도 끝났다. 나는 누구도 미워할 이유가 없다."

버지니아 울프는 마침내 쓰라림과 두려움이 점차 완화 되어 연민과 관용이 생겨나고 일이 년이 지나자 사물을 있는 그대로 보는 자유가 생겼다고 고백하고 있다.

여성에게 자기만의 방과 얼마간의 경제적 자립이 이루어져야 정신적 독립도 가능하다고 이 작가는 강력히 주장한다. '폭풍의 언덕'을 쓴 에밀리 브론테, '제인에어'를 쓴 살롯 브론테, '오만과 편견' 쓴 제인 오스틴도 공동의 거실에서 뜨개질과 담소를 나누는 상황에서 글을 썼다. 그래서 그녀들의 글에는 분노와 불안함이 스며든 그늘이 깊이 존재한다.

평범한 여성이 소설을 쓰고 귀족부인이 시를 쓰기도 했다. 그러나 그들의 글쓰기를 사람들은 조롱했다.

'끼적거리는 참을 수 없는 욕망을 가진 블루스타킹'

그러나 그 여성들은 펜으로 글을 써서 지갑에 돈을 넣을 수 있었다. 경제적 자립을 이루었다.

병실에서 쓴 여성의 편지글은 환영 받았다. 여성의 글쓰기는 협소한 경험에 의지해야 했다. 여행의 자유가 제한되어 있는 여성의 글쓰기는 제한적 공간을 서술한다. 그녀들이 셰익스피어처럼 여행이 자유롭고 사회 활동이 자유롭다면 셰익스피어처럼 글을 쓸 수 있었다.

버지니아 울프는 우리에게 질문한다. 남성은 부유한데 왜 여성은 그토록 가난한가? 여성은 돈을 자기 것으로 소유할 법적인 장치가 없는가? 사교모임에서 남성은 포도주를 마시는데 여성은 왜 물을 마시는가? 여덟 명의 아이를 길러 낸 유모의 노동력은 변호사가 버는 10만 파운드 보다 더 가치 없는 것인가? 하고 사회에 질문을 던진다.

이 책은 버지니아 울프가 강의 한 것을 논문으로 엮은 책이다. 여성에게 방 한 칸과 얼마간의 돈이 있어야 주체로서 독립적 삶이 가능하다고 주장한다. 여성이 여성에게 가하는 가혹한 행동을 멈추라고 말한다. 여성이 여성을 싫어하는 진절머리 나는 일을 거두라고 강의한다. 아이가 전적으로 여성을 의지하지 않는 나이가 될 때, 여성은 전적으로 필요하지 않는 존재가 된다고 경고한다.

이 죽비 같은 언어를 쏟아낸 책은 나에게 여성의 삶이 끝날 때 무엇을 할 것인가? 어느 순간 여성에서 사람으로 거듭나야 함을 분명히 보여주었다. 주변에서 일어나는 현장, 리얼리티가 되라고 용기를 주었다.

생리 월차를 인정하지 않는 회사에 동료들과 연대해서 항의를 하고 온 날, 스스로 조용히 살면 편한데 왜 그랬을까? 회의가 들 때 이 책을 봤다. 30년 동안 남성 중심의 부단한 사회와 불화한 한 여자를 생각하면 잘 했다고 생각했다.

버지니아 울프는 어릴 때, 이복 오빠의 성추행 경험이 정신질환을 일으킨 이유라고 본다. 입고 있던 옷 주머니에 돌을 잔뜩 넣고 강물로 걸어 들어가 생을 마감했다. 점점 미쳐가는 자신의 정신병이 주변에 고통을 준다고 생각해서 내린 결정이었다. 지금 그녀가 있는 세상은 성추행과 폭력과 성차별이 없는 세상일까?

한 사람으로, 작가로 살고 싶었던 버지니아 울프는 여성으로 살아가는 나에게 수시로 절망에서 건져 주는 사람이다. 나만의 문제가 아니라고, 20세기 초 영국에도 부당하게 산 한 사람이 있었다고 나를 위로 한다.

이 책은 앞서 살다 간 여성들의 고단한 삶을 알게 되고, 지금의 내 삶이 여러 여성들의 투쟁과 항거로 어깨위에 올라선 삶임을 알려준다. 그럼 이 시대를 사는 여성들은 다음 세대를 위해서 무엇을 해야 할 것인가? 질문하고 답을 해야 한다.

길에서

길을

묻다

1

왜 나는 길을 걷는가?

　우리 땅 길모임에서 2008년 '동해트레일' 이름을 걸고 도보여행을 떠났다. 해운대에서 강원도 후포 항까지 9박10일 동안 걸었다. 하루 35킬로미터 강행군이었다. 때론 길을 잘못 들어 40킬로미터도 넘게 걸어야 하는 여정이었다.

　흰 뭉게구름같이 피어오르는 연기, 화학공장이 운집한 온산공단을 지나는 것은 고역이었다. 두통과 메스꺼움을 참으며 한나절 팍팍한 아스팔트길을 걸었다. 진눈깨비가 내리는 2월말의 날씨는 발이 시리고 온몸을 파고드는 한기가 엄습했지만 앉아 쉴 곳도 없었다.

　삼일을 걷고 나자 끙끙 앓는 소리가 여기저기서 들렸다. 아침나절 화장을 할 때면 모두들 화난 사람처럼 각자 다른 방향으로 앉아 애꿎은 자기 얼굴만 두드렸다. 신발 속에 부은

발을 억지로 밀어 넣고 한 시간쯤 걸어야만 뻐근했던 관절이 풀리기 시작했다.

점심을 먹고 세시까지는 얼굴에 화색이 돌고 수다도 떨었다. 짧은 해가 기운을 잃을 때쯤 모두가 묵언수행 모드로 들어간다. 다리가 천근만근이고 어젯밤 수선한 물집이 다시 부풀어 오른다. 함께 했지만 우리는 혼자였고 혼자였지만 의지하면서 아흐레를 동고동락 했다.

성수기가 아닌 바닷길은 숙소 구하기도 힘들었다. 저녁밥을 먹은 음식점에서 비럭잠을 자기도 했다. 민박집이 냉골이라 소금을 굽기도 하고, 모텔에서는 취객의 고성방가로 잠을 설쳤다. 각자 자기 짐을 메고 걸으니 어깨가 쑤시고 적절할 때 화장실을 만나지 못해 쩔쩔맸다.

부산 태종대에서 강원도 평해 까지 완보하여 아구 찜에 맥주잔을 들어 올린 사람은 열두 명 뿐이었다. 서른 명쯤 출발했으니 낙오자가 많았다. 결국 남은 사람은 대한민국 아줌마들이다. 젊은 친구들은 이런저런 이유를 들어 도망치듯 귀로에 올랐다.

우리는 이 엄청난 사실에 자부심을 가지며 서로를 쿡쿡 찔러댔다.

"못 말려, 못 말리는 아줌마"

웃음 한 덩이에 눈물도 삐져나왔다. 우리는 왜 걸었을까? 저마다의 내밀한 이야기를 가슴에 품고 집을 떠났으리라. 최대의 기쁨이라고 유난을 떨고, 누군가는 명상이나 구도의 방법이라고 너스레를 떨었지만 정말 그럴까?

나는 왜 걷는가? 나는 살기 위해 걸었다. 2007년 신장 암으로 왼쪽 신장 3분의 2를 떼어냈다. 몇 개월 동안 모든 활동을 접었다. 죽음에 대한 불안이 내 뒷덜미를 잡아채고 있었다. 퇴원한 지 6개월이 지나자 특별히 챙기고 배려해주던 가족들마저 각자 자기 몫의 삶으로 돌아갔다.

나는 그것을 인정하면서도 서글펐다. 결국 나 혼자 병과 맞서야 한다는 현실을 받아들였다. 병도 내가 만들었으니 나만이 나를 낫게 할 수 있다는 오기가 생겼다. 그래! 떠나자. 포기한다 해도 걸은 것만큼은 내 몫이 될 것이다.

오전에는 일행들과 보폭을 맞출 수 있었지만 오후가 되면 체력이 급속도로 떨어졌다. 맨 끄트머리에서 뒤쳐져 걸었다. 바닷가 칼바람은 수술부위에 얼음을 댄 것 같은 통증을 몰고와 내가 암 환자였음을 각인시켜 주었다. 자리를 덜 잡은 뱃속은 가끔 쿨렁거리고 뜨끔뜨끔 아파오기도 했다.

나는 그럴 때마다 되도록 신나는 리듬으로 팔을 건들거리며 춤을 추었다. 내가 나에게 신명을 불어넣는 일이 살 길이었다. 기가 꺾이면 삶은 끝이라는 사실은 6개월에 한 번씩 의사 앞에서 검사결과를 기다려본 암 환자만이 절감한다.

아침이면 아무렇지도 않게 두 발로 다시 걷게 하는 원동력은 빼어난 풍경도, 역사도 분단의 현실도 아니었다. 풍족하지 않지만 각자 자기 삶을 사는 따스한 사람이었다.

대변항에서 학꽁치 회를 뜨는 날렵한 손, 멸치찌개를 끓이는 손길, 구멍 난 투망을 기워 올리는 노부부. 포구에 퍼질러 앉아 미역귀를 따던 아낙네들이었다. 바람이 미쳐 날뛰는 바닷가에서 긴 대나무 하나로 미역을 건져 올리는 여자들이었다. 드럼통에 피운 불기를 우리에게 내어주고 굵은 소금에 청어를 구워주던 어부들. 척척 갈고리로 홍어를 찍어내고 과메기를 내어 거는 당당한 여자들이었다.

구룡포 시장에서 우리는 칼국수를 먹었다. 70대 할머니가 밀가루를 슬슬 뿌려 홍두깨로 반죽을 늘리며 손칼국수를 끓어내고 있었다. 오랜 기다림 끝에 해물이 잔뜩 들어가 있는 칼국수를 허겁지겁 먹을 때 동네 할머니 세분이 왔다. 뒤이어 할머니 한 분이 같이 먹고 나가겠다고 쫓아왔다.

"아따, 거 물만 좀 부어 한 그릇 더 만드뿌소"

"하모, 그래도 모르제"

할머니는 국수를 끓이다 말고 소리를 버럭 질렀다.

"그런 소리 하덜 말어, 그런 소리 할라믄 당장 나가소. 25
년 장사해도 그 런 일은 한 번도 없다. 처음이 무섭지 한번 속
이면 자꾸 하게 돼"

한 그릇에 2500원 하는 칼국수에도 자기 철학이 있는 사
람들. 할머니가 한 평생 지켜온 철학을 경험했던 든든함이 평
해 까지 걷게 한 힘이었다. 넉넉하면서도 칼칼한 한 그릇의
철학이 칼국수로, 바지락으로 우리 속을 채워 주었다.

길을 떠날 때 배낭의 무게는 길을 걷는 최대한 관건이다.
뺏다 넣었다, 짐을 몇 번이고 다시 꾸린다. 하지만 한 번도 망
설임 없이 넣어 오는 것은 리처드 버크의 〈갈매기 꿈〉이다.
먹이를 구하는 삶에서 의미 있는 삶으로 나아가고자 하는 조
나단의 열정을 등에 지고 걷는다.

"죽음이란 시간이 지나서 오는 것이 아니라 권태와 무기
력과 불안으로 우리 스스로 삶을 짧게 만드는 것이다"

"다른 존재 속에 있는 선을 발견하고 사랑으로 가르치는
일이 깨달은 자의 몫이다"

빨간 밑줄 굵게 그어져 있는 20년 묵은 책이다.

동해해파랑 길을 걸으며 해풍에 나를 싣고 열심히 제 몫을 다하는 사람들 속에 나를 비추어 보았다. 암은 더 이상 나를 짓누르는 핑계가 아니라 허름한 욕망을 걷어내는 처방전이 되었다. 길 위에서 타인의 꿈을 방해받지 않으면서 침묵으로 건져 올린 발효된 생각들이다.

"너는 왜 살고 싶니?"

"건강하면 건강으로 뭘 하고 싶니?"

"너는 어떻게 살고 싶니?"

바닷바람은 맑게 나를 헹구어 주었다. 갯지렁이도 굽어져야 곧게 나아가는 스스로의 길을 만들 수 있다. 위태로운 내 삶이 건강하고 유연해졌다. 아! 나는 살아있고 살아가야 한다.

2

남도 바람이 전하는 편지

　당신, 치마 밑단 같은 남도의 끝자락을 출렁거리며 다녔어요. 온통 분홍꽃 배롱나무로 넘실거렸어요. 비에 말갛게 씻긴 초록과 분홍의 보색 대비는 어쩌면 그렇게 자연스러운지 남도 길은 선명한 단청 길 이었지요.

　꽃은 떨어져도 꽃이더군요. 명옥헌에서 지그시 바라 본 연못 위에 둥둥 떠서 어룽어룽 얼비추던 꽃 분홍 물빛. 소금쟁이들은 제 그림자를 비추면서 꽃잎을 가지고 헤살 거리기에 분주하더군요.

　비는 원을 만들고 여러 겹의 둥근 선들에 연못은 부채살로 퍼져 일렁이고 있었죠. 돌 위에 가만히 앉아 휘리릭 당신을 생각 했지요. 내 영혼을 든든하게 안고 얼러주고 가는 그네를 태워줄 듯이.

듬성듬성 상사화도 비에 젖어 있었죠. 꽃과 잎은 절대 만날 수 없다고 웅얼거리다 보면 강렬하고 애절한 마음이 문적이며 묻어나는 아픈 이름이죠. 토란잎 하나 우산처럼 펼치고 노래를 불렀어요. 비는 내리고 사람들은 나를 보고 웃고 나는 막 뛰었지요. 보라색 나팔꽃도 모른 척 지나고 검은 나비도 후루룩 날았어요.

벼들이 익고 있는 남도, 노르스름한, 푸르스름한 빛으로 영글어 가고 있었죠. 봄꽃과 소나기. 벌과 나비의 부시럭거림으로 이제 이글거리는 햇빛으로 입 앙다물고 마무리 하고 있었어요. 구수한 싸레기 넣어서 끓이는 뜨물 같은 냄새. 들적지근하고 달근한 그 냄새야, 이맘때면 맡을 수 있네요.

아마 벼들은 달밤에도 조금씩 컸겠죠. 이삭이 패면서 벼들은 뚱뚱해지고 작달막해졌어요. 넘실거리는 물결, 촉촉한 찐 쌀이 생각나네요. 들숨 날숨 쉬느라 벼들도 바쁘군요. 벼가 자라듯 나도 자라고 있나 봐요. 하하 당신은 웃는군요. 모두 여물며 시드는 것. 주름지는 것들이 덧없음을 지나 생명의 순환으로 편하게 느껴지니 저는 계속 자라고 있는 거죠.

송강정, 대운사, 메타세콰이어 길. 모든 것은 변하죠. 담양 메타세콰이어 길은 기름 냄새와 자전거로 커튼처럼 펄럭

였어요. 가슴에 달고나 하나를 뺏긴 기분이에요. 한 번 간 곳은 멀리서만 바라봐야 할까 봅니다. 한번 헤어진 사람은 그대로 흘러가는 게 좋은 것처럼.

들쑥날쑥 비가 와서 그런지 장흥으로 가는 길은 억불산 산안개 같이 아슴아슴 했어요.

"야들아, 소 죽 끓여야지."

"야들아, 밥 먹어라, 늦게 오면 밥 없다"

나를 부르는 소리가 자꾸 들릴 것 같은 젖은 들판. 자꾸 차장 밖을 두리번거렸지요.

회진 포구에서의 밤은 흥과 신명의 살풀이였어요. 몇 잔의 술은 처음 본 사람끼리 금방 벽을 허물고 어색함을 푸는 열쇠죠. 방파제에서 한 판이 벌어졌죠. 공연자도 관객도 없는 하나 된 무대. 참 사람들 속에는 칭칭 감아 논 실타래가 많아요. 일상에서 어찌 저걸 감추고 사는지……. 비린내, 바람소리가 후끈 방파제를 달구었죠. 킥 킥 당신도 다 보셨다고요.

'시집 못 간 돼지갈비' 간판을 지나고 '채 여자' 문패를 지나 새벽 산책길에 나섰죠. 푸르스름한 빛. 말간 푸른색이 매혹적인 빛은 무겁지도 가볍지도 않으면서 날렵한 품위가 있어요. 어제의 칭얼거림, 열꽃들을 식힐 서늘함이 있죠. 정갈하고 맑게 깨어 있었어요.

나무가 고실고실하게 좋은 정자에서 낙안읍성에 들어가지 않고 노인 분들의 이야기를 들었어요. 모두 과거 이야기뿐 이었어요. 장난감 대신 땅강아지 갖고 놀던 이야기. 잠자리 똥꼬 지푸라기 넣기. 저 이야기도 그 순간에는 빛났겠죠.

금둔사지삼층탑. 두툴한 돌의 촉감을 손바닥으로 새기고 천 년 전 석수쟁이 덥수룩한 수염도 한번 만져주었지요. 하안거 끝낸 스님 한 분이 벽지와 문살 창호지를 북북 찢고 있었어요.

가을이 오면 외할머니도 입으로 후루루 물을 뿌려 종이를 부풀게 했죠. 다듬이 밑에 눌러두었던 과꽃이나 감잎을 드문드문 부쳐야 그 일이 끝났죠. 가을볕에 바짝 마른 문살은 악기였죠. 창호지를 꿀밤 때리면 잔챙이 자갈처럼 통통 소리를 내었죠.

소낙비. 대웅전 처마 밑에 옹기종기 갇혔어요. 나는 동백나무 밑에 우산을 펼쳤지요. 우릉우릉 우산이 흔들리며 노래를 불렀어요. 기와를 적시고 직선으로 떨어지는 낙숫물. 오방색 단청들이 우르르 땅으로 내려 꽂히네요. 저 물 들이 흘러내려 절 마당에 꽃이 피고 단풍이 들겠네요. 어째 절 안 나무들은 색깔이 선명하다 했지요. 저 꽃 서까래 하나 뽑아다가 절편 할 때 꾹꾹 눌렀으면 좋겠어요. 우렁찬 빗줄기. 적멸의 순간입니다.

갑자기 우산을 팽개치고 뛰고 싶었어요. 경중경중 뛰고 궁글리다 소리쳐보자. 여자 셋이서. 해 볼까. 해 봐. 머뭇거리는 사이 거짓말같이 뚝 비가 그쳤어요. 펄떡거리는 울렁거림은 자명종 시계를 끄듯 스위치를 내렸어요. 물기 젖은 길을 천천히 내려왔어요. 슬픔을 꾹꾹 밀어 넣으며 돌아섰던 것처럼, 당신도 그러했나요.

당신, 오늘은 치마를 입었어요. 바람을 치마 속에 가득 담고 바다를 걷고 싶거든요. 남해대교를 바라보며 숨어있는 길을 찾아냈죠. 숨어있는 석류도 맛보았어요. 진저리치는 신맛. 거북선이 정박한 충렬사를 내려다보며 바람을 맞고 걸었어요. 갈기를 세우며 들소 바람들이 달겨드네요.

온전히 나이고자 떠났던 먼 옛날의 서편제, 동편제 길에서 타고 난 몸속의 가락을 얻고 돌아왔습니다. 앞만 보고 일과 공부에 내달았지만 자꾸 지쳐가고 허망한 나를 데리고 안성 길을 걸었지요. 바람직한 미래의 내 모습이라고 확신한 것들이 허망과 매명임을 스스로 인정하고 칼끝같이 뾰족한 나를 깎아 둥글게 내었지요. 개봉되지 않은 죽음이 홀깃 나를 엿보았을 때 나는 관동대로와 동해트레일을 걸었습니다.

이제 나 자신과 보조를 맞추고 유지해가는 법을 배우고 있습니다. 허열 같은 청춘을 보내고 이제야 압니다. 이제 사람에게로 가지 않고 길을 떠납니다. 여행이란 자기 몸과 자아와 의식간의 치열한 합병이며 일치입니다. 우렁거리는 바람과 장엄하고 어두운 밤바다는 내 영혼을 오성의 한계 너머로 데려다 줍니다.

내가 그랬듯 길을 나서는 모든 이들이 그럴까요. 스스로 빗장을 열고 나와도 머뭇거리며 배낭을 챙겼겠지요. 그 배낭 안에는 눅눅함, 신산함, 상처들이 변화되기를 바라는 행복의 열망이 숨어 있겠지요. 내가 그랬듯 타인에게 말 걸기 어렵고 잘 적응할까. 괜히 남에게 짐스런 존재가 아닐까? 같이 웃어주고 오롯이 한 존재로 스며들기를 바랄 겁니다.

판단하고 비판하기 전 있는 그대로 받아들여야 한다는 것을 두물머리 강물에서 배웠습니다. 그러다 언뜻 강점을 발견하면 달개비 꽃같이 덩달아 행복하지요.

당신도 시들해진 마음이 좀처럼 솜사탕처럼 부풀어지지 않으면 길을 떠나는 도반이 되십시오. 가플막진 언덕을 오르

내리며 심장 박동을 듣고 호흡은 순환되어 땀방울로 맺히는 사이, 사람이 그늘이 되어 주겠지요.

당신, 진실의 눈으로 사물을 보는 사람은 시간과 공간을 넘어 같이 존재 한다고 하지요. 혼자 또같이 가는 길에 늘 당신이 있어 줄런지요.

3

몸빼 입고 섬진강

　오천원짜리 몸빼 바지, 길들인 후라이팬과 나무 뒤집기 하나면 관광버스 사십 명을 뒤집어엎을 수 있다. 힐끔힐끔 쳐다보는 사람, 흘깃거리며 대놓고 나를 보라고 옆 사람을 찔러대는 여자들, 입 가리고 웃으며 궁금해 하는 처녀들, 무시하는 눈빛을 아래로 까는 잔칫집 아낙네들.

　옷차림에 시선이 달라지는 이 상황을 즐기자. 세안타올로 머리까지 싸매고 정류장계단을 올라서니 수많은 눈들이 몰려온다. 이왕이면 오디션 없이 무대에 오른 값을 하자. 나는 경부 하행선 신갈 임시정류장에서 사람들 사이를 왔다 갔다 휘젓고 다녔다.

　"나물 뜯어라. 가요?"

　"네, 진안으로 두릅 따라가요, 다음 달 곰배령 취나물 하러 갈려고요"

"거긴 출입금진데, 붙잡히면 벌금 물어요."

호기 있는 남정네와 수다도 한판, 곱게 차려입은 할머니들 말 상대 하는 사이 우리땅걷기 버스가 왔다. 기사님이 차에 타려고 하는 나를 보더니 일어난다.

"이 버스 걷기 가는 건데요"

"그니까요, 제가 탈 차예요"

나는 타올을 약간 들어 얼굴을 보여주고 버스에 올랐다.

"아이고, 뭐야. 못 말려......."

웃음꽃 터지고, 총무가 달려 나와 사진 한방을 선물한다. 처음 온 사람들 토끼눈 왔다 갔다, 그러거나 말거나 내 자리로 가서 앉았다. 지난달에 도반 몇 명이 나물 뜯는 차림새로 후라이팬 들고 타자는 약속을 했는데 모두 배신을 때렸다.

60세 넘어 엑스트라로 나설 인생 이모작, 실험도 만족이고 옷차림이 신분과 계층을 나타내는 상징이란 걸 몸으로 공부 했으니 멋진 날이다.

십년 뒤에 입으라고 울 엄마가 보낸 블라우스도 훌륭한 소품이다. 작년에 엄마가 보낸 소포에 연갈색 바탕에 까만 무늬가 점점이 그려진 단추 많은 윗도리가 왔다. 손수 재봉틀로 만든 옷에 편지도 한 장 들어있었다.

'10년 뒤에 입어라, 그때는 내가 없을 끼다'

섬진강변은 한 뼘 이상 자란 보리밭이 초록이다. 길가 풀
섶마다 손톱만한 꽃들이 지천이다. 보라색 개불알꽃, 흰 냉
이, 노랑 꽃다지, 수채화 물결이다. 떼새 혀 같은 뾰족한 여린
잎들도 연두색 물감으로 피어오르고 있다.

"이게 아닌가벼"

되돌아 나오는 길이 아찔한 내리막 시작이다. 나물 뜨르
러 가는 길이라 운동화를 신어서 아찔하다. 경사 길에 낙엽이
미끄럽기 까지 하다. 오금이 저려 네발이 되는 나에게 신 샘
이 일갈한다.

"이 바보가 그것도 못 내려가"

그럼 그렇지, 그 소리가 나올 때가 되었지. 신 샘에게 이
소리를 안 들으면 어째 껄쩍지근하다. 도반이 스틱을 던져준
다. 대 선배인 도반도 있지만 체면 깔고 받아 내리막길을 더
듬거리며 걸었다. 썩은 나무 등걸과 이끼긴 돌들이 움찔 할
때 마다 온 몸의 근육이 돌돌 뭉친다.

나물 뜯고 꽃구경이라고, 치마입고 걸어도 되는 길이라고,
내가 또 속았다. 눈앞에 보라색 용란이 지천이건만 눈길도 못

맞추고 지금은 이 난관 극복이 우선이다.

저녁을 먹고 진안청소년수련원에서 일박, 짐을 풀었다. 두릅 전을 부쳤다. 남자들이 다듬고, 씻고, 살짝 데치고, 밀가루 묻히고 계란 옷 입혀 전 부치기다. 모두들 분업 협동이 척척이다. 한 집에서 같이 사는 사람들처럼 손발이 척척 맞다. 오래간만에 사십년 부엌데기 솜씨 발휘, 총무와 동업해 튀김집 냅시다! 하하 히히 웃음꽃이 핀다. 두릅 전에 씀바귀와 민들레 초무침. 소주 한잔과 귀한 양주가 오고 간다.

우수수 쏟아질 것 같은 조팝나무, 수줍은 자줏빛 할미꽃, 앙증맞은 제비꽃, 금강 변을 걸어 다리를 건넜다. 무주 경찰서 부남 파출소. 신 샘이 커피 열 잔을 타오라는 요구를 해결하기 위해 파출소로 용감하게 들어갔다. 아낌없이 베푸는 푸근함으로 내 놓은 커피를 모두 동내고 깨끗한 화장실 이용까지 했다. 친절한 파출소 소장님 감사합니다.

봄꽃이 아름다운 것은 온 몸을 던져, 온 마음을 다해 피어나기 때문이다. 절절히 열렬하게 물관을 열어 흙을 껴안았기 때문이다. 살면서 사랑을 했어도 누굴 제대로 사랑하지 않은 듯 하고, 내 스스로 사랑받지도 못한 것 같은, 뭐 하나 제대로 한거 같지 않은 내 느낌을 일시에 무릎 꿇게 했다.

봄꽃처럼 사랑하라. 봄꽃처럼 사랑을 주어라. 사랑은 느낌이나 감정이 아니라고 온 몸을 열어 꽃을 피우는 구체적 행동이라고 나를 패대기치고 있다. 시간이 흐르고 추억이 쌓여가도 위로가 되지 않고, 더 살아도 특별히 행복할 것 같지 않아 핸드폰을 열었다 닫았다 하는 날. 나는 잠두 마을의 따끈따끈한 꽃의 온기를 기억 해야만 한다.

권태와 무기력이 덮치더라도 시침 뚝 떼고 벌떡 일어나 배낭을 메고 집을 나서리라. 독한 술기운에 취하듯 감미로웠던 꽃길을 생각 할 것이다. 용수철 같은 생의 탄력. 도반들 말처럼 나를 감동시키는 일을 만들다 보면 내 길도 얼비추고 스며드는 꽃길이 아닐까.

4

소설 속 무대로 들어가다

이청준 생가 마을은 커다란 호박이 동심으로 우리를 맞았다. 조촐한 생가에 금속으로 된 안내판에는 작품 세계와 사진이 있었고 방에는 시화와 영화화된 사진들, 작품집이 전시되어 있다. 부엌에는 가마솥이 있는데 솥뚜껑을 가만히 열어 보았다. 보리밥 한 그릇과 감자 두어 알이 있음직해서……

마루에서 「눈길」 소설 장면을 설명하다 신 샘 아버님 임종 날의 기억을 이야기 듣는 순간 새벽에 참았던 울음이 비집고 나왔다 이 난감함을 고개를 숙이고 수습을 했지만 빨개진 코는 제자들에게 들켜 버렸다. 신 샘은 아침부터 사람을 울린다.

녹동항 가는 길엔 다도해 노란 들판이 이어지고 동그란 무덤들도 햇빛을 받으며 커가고 잇다. 이스트 넣은 술빵처럼 포시시 부풀고 있다. 녹동항 에서 건너다보이는 소록도. 10여분 배를 타고 도착하여 소록도 성당과 소록도 해수욕장에 도착. 푸른 소나무 등걸에 앉아도 보고 양말을 벗고 바닷물에 발을 담갔다. 고동과 조개 두 개를 기념품으로 주머니에 넣고 우체국을 지나 추모관에 들어갔다.

소록도 환자들은 세 번 죽었다. 첫 번째는 한센병 발병이요, 두 번째는 죽은 후 시체 해부요, 세 번째는 장례 후 화장이었다. 사망한 환자의 해부실과 정관절제 수술이 집행되었던 검시실, 감금실 건물은 A4 종이 한 장의 창문과 푸세식 화장실 4칸으로 지어졌다.

후세를 남기지 말라고 남자와 여자는 단종대위에서 불임 시술을 시켰다. 콘크리트 벽에 세워진 군용 들것의 낡은 깃을 손에 쥐었다. 그들의 비명과 고통이 다 베어있는 것 같이 섬뜩하고 눅진하다. 1. 2전시실을 둘러보고 수호원장 동상이 있던 자리에 한하운님의 「보리피리」 시비가 앉아 있는 곳에서 우리는 모였다.

완도에서 소록도까지 환자들이 목도로 어깨 짐을 해서 흙을 날아와 갯벌을 메웠다. 소설 이청준은 '당신들의 천국'을 통하여 이 역사를 증언하고 있다. '보리피리' 시비는 돌이 아니라 태산이다. 그들은 완도에서 흙이 아니라 산을 하나 옮겨

온 것이다.

태백산맥 배경이었던 전남 보성 벌교, 현 부잣집과 김범우 집을 둘러보았다. 비파를 손에 쥐어 주었던 소화. 태백산맥을 읽으면서 이것을 쓴 사람이 사람일까. 그 방대한 배경지식과 문체의 현란함, 나는 자꾸 작아져서 없어져버리곤 했다. 소화다리, 홍교, 자유병원, 신 샘 말을 따라 태백산맥을 거닐다 나는 단잠을 자기 시작했다.

나를 흔들어 깨우고 날 것들이 웅웅대는, 때론 한 생각들이 한 삽 크게 뒤집어엎은 여행이었다. 여행은 굳은 일상을 쟁기질 하는 것이다. 꼭꼭 숨겨둔 씨앗들, 붉은 지렁이들이 곰실거리며 나와 맑고 여린 시간을 내게 채워준다.

바다는 우리 모두를 동심으로 끌어당긴다. 조개껍질 하나에도 환호하고 물고기 한 마리에도 놀라워 환호한다. 모래밭이 아니고 이게 뭐여! 굴 밭이다. 물살에 씻긴 하얀 굴 껍데기가 지천으로 언덕을 이루고 있다. 어떤 것을 만져도 매끈하게 조각되어 있다.

물의 힘이 얼마나 큰지 맨질맨질한 것으로 몇 개 주머니에 넣었다. 석기시대 재현, 큰 돌로 주먹만 한 굴들을 내리 쳤다. 싱싱한 굴들 짭조름한 이 맛, 와 죽인다. 정신없이 깨서 먹고 있으니 차에 두고 온 녹차 술이 딱 생각나네. 역시 염불보다 잿밥에 나는 소질이 있다.

한참 굴 까먹기에 재미 보고 있는데 아쉬움을 달래며 모이라는 명령? 우리는 굴껍질에 파묻히고 싶다. 우리는 5학년 6학년인데 여섯 살처럼 모여 있으면 자꾸 까르르 웃을 일이 생긴다.

바다로 나아가지 못한 배위에서 사진을 찍고 즐거운 시간을 보냈다. 바람이 세차게 불었다. 배에서 연결된 밧줄로 고무줄놀이도 하고 큰 튜브를 그네 삼아 흔들거리며 노는 산강님들. 바다는 모두를 어린아이로 만들어도 멋쩍지 않고 유쾌한 시간을 준다. 이 배를 몰아 넓은 바다로 나가고 싶은 꿈을 준다.

음료수 한잔으로 갈증을 채우고 선재대교 아래 갯벌을 걸었다. 썰물로 밀려간 바다는 온통 무늬다. 세상에서 가장 넓은 피아노 책이다. 음표 하나하나에 작은 조개들이 숨어 산다. 웅덩이에 고인 바닷물은 우리처럼 잠시 쉬고 있다. 밀물이 들어오면 또 한 몸이 되어 먼 바다로 나간다.

그대에게 가지 못하고
바다로 가면서

기차보다 먼저
마음만 내 달아

눈부신 얼음 꽃
밤기차 차창에

뜨거운 이마 달래며
네 이름을 썼었네

그대에게 가지 못하고
새벽 바다에 기대어

온 바다 소금기
죄다 불러 모아

등 푸른 파도를
다독이고 있었네

시집, 〈붉은 열매의 성〉 중 — 그해, 겨울 바다

늘 내게 바다는 그것으로 충분치 못했다. 이별 뒤에 바다로 갔고 생애 결단이 필요 할 때 바다로 갔다. 사람을 털어버리기 위하여 바다로 갔다. 때론 눈물로 바다를 보았고, 내안의 광기로 바다 앞에서 짐승이 되어 포효했다.

오늘은 그냥 바다로 보았다. 큰 피아노 책 같았던 바다. 수많은 생명들, 그 작고 앙증맞은 꼬물거림이 전 생애인 삶. 붉은 칠면초가, 갈대가 덮고 있어도 무수한 생명의 신비가 이어지는 곳. 아, 나는 이제 바다를 봐도 자유롭다.

5

기억의 등을 쓸다

뽀오얀 자작나무 사이, 퉁망울 눈 같은 별들이 태백 휴양림 거실에 누운 우리를 굽어보고 있다. 서울에서 4시간, 버스에 흔들린 곤한 몸을 별빛에 씻으며 까무룩 잠속으로 빠져들었다.

우리나라에서 제일 높은 역, 추전역은 눈꽃 축제 때 객차가 선다. 눈치 없이 눈사람 모형에 달린 고드름을 떼다가 지청구를 들었다. 십년 만에 눈을 처음 본다는 마산에 사는 도반의 말에 삼천리 화려 강산이 아니라 삼만리 화려강산으로 애국가를 바꿔 부르고 싶다.

낙동강과 한강의 발원지 태백 너덜 샘에서 부산 을숙도까지 1300리 길의 무사함을 기원하는 제를 올렸다. 신 샘은 엄숙하게 축문을 읊었고 나는 어설프게 세 번 절을 따라 올렸다.

태백에서 찐 찰밥과 전주 김치의 만남은 환상의 맛이다. 둘을 이어주는 막걸리 두 잔으로, 맛있게 먹었다. 도반들과 양푼 비빔밥을 만들어 나눠 먹었다.

3년 전 낙동강을 처음 걸을 때는 주변에 식당이 없는 것을 미처 몰랐다. 간식으로 가지고간 삼각 김밥으로 허기를 견디는 그때보다 일취월장 발전한 점심이다.

배부르면 게으름을 피우고 싶은 몸을, 배추 속 넣듯이 꾹꾹 밀어 넣으며 황지천을 따라 구문소 길을 걸었다. 일행을 놓치지 않겠다는 일념으로 부지런히 걸었다.

"이게 아닌가벼"

일행이 길을 잘못 들어 돌아 나오는 중인 도반을 만나는 일은 깨소금 맛이다. 꼴찌가 일등이 되는 순간이다. 이래서 패자부활전은 꼭 있어야 한다.

넘어진 김에 쉬어들 간다고, 시골 슈퍼마켓 아이스크림을 몽땅 재고 정리를 확실히 해준 간식 먹기 시간도 잼 난다.

부풀어 오른 발바닥에 대일밴드를 추가로 붙였다. 물집은 좀처럼 안 생기는데 남들 보다 빨리 부어오르는 게 말썽이다.

"아니 걷기 프로가 웬 물집?"

도반들이 모두들 한마디 건넸지만 '프로는 뭘 프로~!'

기회 있을 때마다 땡땡이 선수인 걸 다 알면서 추켜 주는 말을 던지는 그 속을 다 안답니다.

드디어 강원도를 넘어 경상도 봉화군으로 진입에 성공했다. 석포역을 3Km 남겨 놓았다는 육송정 삼거리 정자에서, 앞서 왔다는 느긋함으로 간식 시간을 가졌다. 얻어먹고 안주면 뺏어먹고 오른쪽 엉덩이 땡김을 주먹으로 다스리며 다시 걷기 시작이다.

마지막 기운이 내야 할 때 노래 부르기가 최고다. 속으로 흥얼거리고, 팔을 휘휘 휘젓고, 모자를 수건 삼아 돌렸다. 저 앞에 타야 할 푸른 버스가 보이기 시작했다. 도반들 박수 받으며 하루 25킬로 완주. 으그그 주저앉으며 뒤에 오는 사람을 느긋하게 바라보았다.

하루 종일 걸은 길, 나처럼 누구도 퍼져 쉬고 싶었던 길이었다. 발바닥이 뜨끔거리고 욱신거리며 하루 걸은 길을 버스는 몇 십 분에 통과하고 있다. 태백시로 우리들은 다시 거슬러 올라간다.

낡은 필름 돌리듯 85년 겨울을 생각했다. 나는 태백 이곳에서 한 육개월을 살았다. 내가 본 태백은 그때 황금기였다. 프로스펙스 매장이 세일이라도 하는 날이면 사람들로 미어졌고 여자 목욕탕에는 때밀이 아줌마가 일곱이나 있었다.

탄광 월급날이면, 일직선 중심 거리는 개도 만 원짜리 물고 다닌다는 말이 증명되는 흥청거림과 갈비 굽는 냄새가 피워 올랐다. 전국 마작패들이 각지에서 모여 들었다. 검은 땅, 검은 시냇물. 슬라브 지붕을 얹은 똑같은 수십 채의 탄광 사택 촌에 광부 가족들이 살았다.

낮에 보았던 거리의 낯섦을 찬찬히 다시 보며 내 서른 살, 아직도 젖어있는 기억에게 손을 흔들었다. 안녕, 절박했던 그리움에게, 휴일이면 도계로, 강릉으로 기차타고 빙빙 돌았던 내 답답한 빙하기 나날들에게 등을 쓸어주며 악수 했다. 이제 추억이 되자.

6

어두움이 눈을 뜨게 했다.

승부역까지 걸었다. 우리나라에서 최고 높은 곳에 있는 역이다. 다시 눈이 내린다. 갑자기 적멸의 세상. 수묵화의 풍경이 두루마기로 펼쳐진다. 혀를 내밀어 받아먹었다. 낙동강은 이제 깊어져 푸른빛을 띠고 있다. 깊숙이 속내를 감추고 낙동강이 달리고 있다.

출렁이는 이쁜 다리를 건너 승부역에 도착했다. 흑백사진 엽서로 날렵한 우체통에 그리움을 넣었다. 막상 소중한 사람들 주소를 몰라 우왕좌왕 하는 모습이다. 여자들보다 남자들이 더 열심히 쓰고 있는 모습들이다. 순수 몰입의 순간에 꽂힌 사람들.

점심으로 밖에서 차가운 찰밥 먹기. 이 서늘함을 잘라내기 위해 이 한 몸 망가지기를 시도했다. 조미된 김이라 쉽게

코밑에 부칠 수 없었지만 계속 시도했다. 사람들이 웃어주는 응원에 힘내서 엽서 파는 곳으로 진출했다.

친절한 역장님을 꼬여서 일 년치 커피, 종이컵을, 다 동냈다. 미안해서 도반들 배낭을 털어 간식을 내 놓았다. 나도 제일 아끼던 밤 한 봉지를 역장님께 선물했다. 사람 그리운 외진 간이역, 수다를 한보따리 풀고 떠나왔다.

승부터널 앞에서 주의사항을 초딩처럼 듣고 진입했다. 어! 안보이네 깜깜하다. 도반들과 팔짱을 끼고 도반들의 해드랜턴에 서로 의지해 들쑥날쑥 허방이 많은 터널 속 철길을 걸었다. 컴컴한 터널을 오로지 희미한 불빛과 서로의 맞잡은 손을 믿고 걸었다.

승부터널 말고는 어두운 터널이 기억에도 없는데 두 개나 더 있다. 두 번째 터널은 중간쯤 가자 밑바닥이 하나도 보이지 않았다. 제자리걸음 하고 서 있었다.

"같이 갑시다."

누군가 팔을 잡아 준다. 거의 통과하고 고개를 돌려보니 나무늘보님이다. 인사도 하기 전에 당신의 일이 다 끝난 듯이 앞으로 뚜벅뚜벅 걸어가 버렸다.

세 번째 터널은 어둑시근해서 겨우 걸을 수 있었다. 간신히 앞으로 걸음마 걷듯이 하고 있는 나를 누군가 팔을 확 잡아 채 준다. 낡은책상이다. 어디서 나타났을까. 내내 앞서 걷기만 하고 눈길 한번 안주더니 어라 언제 보고 챙기는지.

그래, 그랬다. 나는 항상 나 혼자 애쓴다고 낑낑거리기만 했구나. 때론 억울하고, 분노하고 절망했구나. 나 밖에 믿을 게 없다고 손을 내밀지도 않고 도움을 청하지도 않았구나. 나 모르게 이렇게 늘 누군가의 도움과 배려 속에 있었는데 혼자만 징징댔구나. 울컥 눈물이 났다. 이럴 땐 어둠이 있어 다행이다.

어두움. 아들이 중2때 원추각막 진단을 받았다. 고1 때 한쪽 눈이 실명 되고 다른 쪽 눈도 진행 중이어서 언젠가 아들이 어둠에 갇힌다는 고통이 시작되었다. 다니던 성당을 그만두었다. 신에게 종 주먹을 들이대면서 대 들었다. 다음에 또 뭐냐고, 어디 다음에 또 무엇으로 날 무릎 꿇게 할 거냐고 분노했다. 한 병원에서 일 년에 겨우 3명이 기증 받아 수술을 하는 현실에 대기의 시간은 기약이 없었다.

처방전을 받는 이들을 부러워한 8년 만에 아들에게도 기회가 왔다. 아들은 한 쪽 눈을 이식 받았고 기적같이 다른 쪽 눈도 진행이 멈추어 주었다.

아들에게 하고 싶은 말을 낡은책상에게 말했다.

"이 어두움을 없애 준다면 공양미 삼백 석에 영혼을 팔겠습니다."

멀어져 가는 낡은이가 고마웠다. 아까부터 콧물을 참고 있었다.

이박삼일, 낙동강을 왼쪽, 오른쪽 옆구리에 차고 걸었다. 그 강물 속도에 같이 마음도 흘렀다. 길 떠남은 한 삽 깊이 자신을 갈아엎는 일이다. 큰 돌은 골라내 버리고 굳은 흙을 호미로 부드럽게 고르는 일이다. 때론 붉은 지렁이 몇 마리 나오면 건강한 땅이라 칭찬도 하면서.

꼭꼭 숨어 있다 너무 늦게 나온 나 땜에 술래와 아이들이 다 가버리기 전 나도 타인의 손을 잡아야 한다. 어둠이 올지라도 그 어둠에 익숙하기 위해 손을 내밀어야 한다.

7

설레이는 겨울 바다

　몽유도원도 흐림으로 청산도는 젖어있다.

　빨간 까마귀밥도, 검은 까막중 열매도 촉촉하다. 점박이 똥 돼지 잔등도, 거꾸로 머리 박은 풋풋한 마늘 줄기도, 짤박한 된장찌개에 쓱쓱 비벼먹고 싶은 하루나도 작은 빗물을 받아 젖어서 파릇파릇 이쁘다. 걸어온 길을 돌아보면 지그재그로 생긴 길이 여인네의 가르마 같이 단아한 청산도.

　조용하고 아늑해서 갑자기 장욱진의 먹그림 안으로 뛰어들어온 느낌이랄까. 거의 사람이 보이지 않았다. 흐린 바다와 보리가 파란 다랭이 논. 주황색, 파란색 페인트 지붕이 도드라져 보이는 낮은 마을들.

　집들이 담도, 다랭이 논둑도 작은 돌들을 쌓아 사람의 손길이 분주했구나. 바람이 우산을 뒤집었고 그 우산을 그대로 쓰고 오는 한가로움이 좋다. 서편제 촬영장을 둘러보고, 봄의 왈츠 세트장이었던 건물은 먼발치에서만 구경했다.

단성사에서 본 서편제의 감동이 사라질까봐 저어기 단속도 하고 싶었고 갑자기 노랗게 밝아지는 건물이 생경하게 느껴져서 수묵화 같은 내 감정이 이완되지 않아 그대로 지나쳤다.

비에 젖어 조금은 서늘하고 출출함은 청산항 앞 자연식당에서 된장찌개와 김치찌개로 채웠다. 호박김치, 동치미의 깊은 맛. 백김치 맛이 일품이었고 넉넉한 인심이 넘쳐 행복한 밥이었다.

완도로 돌아오는 배 안에서 간단히 자기소개를 하는 시간을 가졌다. 저녁 9시에서 새벽 4시까지 같이 버스를 타고 두 시간쯤 찜질방에서 휴식을 취하고 다시 아침을 먹고 배를 타고 청산도를 돌아보는 시간까지 다소 서로 긴장하고 서먹함이 웃음 속에서 녹아내린다.

요번 여행은 처음 온 사람들이 많았다. 백두산 기행에서 인연이 되어 온 사람. 부부. 가족들이 많았다. 같이 앉아 있다 졸지에 우리땅 회원으로 소개 받은 섬마을 여자 선생님의 대화도 정겨웠다. 전교생이 7명, 선생님은 5명인 학교. 머릿속에 그림이 그려진다. 각자 섬이었다가 이제 왕래하는 섬, 소통하는 섬이 되었다.

강진 다산 초당에는 동백나무가 많다. 흑산도가 건너다보이는 천일각에서 형인 정약전을 생각하고 시대의 왕따를 이겨내고 500권의 책을 쓰며 자신을 완성하여 나갔으리라. 이미 고목이 된 동백나무는 그때 그 비탄을 기억하고 있을까?

몇 해 전 왔을 때보다 다산 초당은 기와를 얹고 더 깨끗하고 정갈하다. 다산 초당이 아니고 다산 와당이라 해야 하지 않나? 초당에 어울리는 건물, 당시에 없었던 천일각 건물로 보면 마치 다산이 유유자적 풍요로움을 누린 시대라 곡해 할까 저어된다. 전봉준 생가를 찾았을 때 잔디밭이며 방안에 반닫이며 그 시절 궁색한 살림에 어울리지 않는 치장에 저어기 걱정이 되었던 것처럼.

백련사 해장 스님과 오랫동안 친분을 유지하며 차를 마시러 다녔던 길을 걸었다. 사람이 그리워 이 길을 수없이 다녔으리라. 다산은 몸은 늘 변방에 있었지만 의식, 시대를 읽어내는 정신은 중심에 있었다. 19세기 우리나라 정신을 대표하는 한 사람임에 틀림없다. 시누대와 동백이 어우러진 곳. 벌써 성질 급한 동백은 뚝뚝 떨어진다. 동백 사이로 난 길을 따라 풀썩 풀 위에 앉아 바다를 바라봤다. 바람을 느낀다. 야생

차밭에 쏟아지는 햇살이 참 좋다.

겨울바다를 하루 종일 걸었던 남도 답사. 바다가 바다로 보인 여행이었다. 젊었을 때 바다를 찾아갈 때는 내려놓을 짐들을 잔뜩 메고 갔다. 모두 다 부려놓고 왔다고 생각했지만 일상으로 돌아오면 모두 다 짊어지고 왔던 날이었다.

이별이 힘겨워, 채워지지 않은 꿈 때문에, 발목 잡힌 조건 때문에 달려갔던 바다. 때론 밤바다에서 꺼꺼억 울다 오기도 했다. 이번 바다는 조용했다. 파도가 조용한 만큼 나도 조용했다. 그만큼 욕망이 줄어든 걸까. 분명한 것은 자아를 많이 내려놓은 탓일게다. 내가 조용하면 들깨 꽈리 터지는 소리도 들렸다.

시대의 아웃사이더인 다산을 만나고 왔다. 왕따를 견디기만 하면 그것만큼 큰 보약이 없다. 그의 『목민심서』의 세계관은 젊은 호치민을 키웠고 베트남 민족을 통일시킨 힘을 주었다. 다산의 창조성과 몰입의 현장을 본 나는 지금 무엇을 해야 하나.

배우고, 가르치고 일정한 거리에서 쭉쭉 뻗어가는 편백나무처럼 모든 사람에게 선을 발견하여 더 많이 사랑하자.

8

청도, 고향을 걷다

아침햇살이 팔, 다리를 칭칭 감는 청명한 날. 청도, 밀양 기행에 올랐다. 청도가 가까워오자 환한 등불처럼 주황색 감 들이 눈부시다.

석빙고에 도착하여 무지개다리 세 개로 지붕을 장식한 석 빙고를 보았다. 겨울에 얼음을 잘라 보관했다는 바닥으로 내 려서서 지붕을 보자 저 무거운 돌끼리 이음새를 맞추어서 둥 근 곡선의 건축물에 감탄이 절로 나왔다. 지하로 내려가자 서 늘한 찬 공기가 베어 나왔다. 특별한 지형이 갖는 조건을 찾 아 지었다는 이곳 석빙고는 지붕이 개방되어 있는 국내 유일 의 석빙고다.

바로 옆에 있는 경북기념물 13호인 청도 읍성의 주춧돌 앞에서 옛날 성벽을 쌓기가 얼마나 고된지 설명을 들었다. 우리가 흔히 전라도 욕으로 주고받는 '오살할' 이란 말은 맞아죽고, 배고파 죽고, 성 쌓다 죽고, 병들어 죽고, 얼어 죽는 민초들의 생활을 대변한 말이란다. 성 쌓다 죽어 간 사람들. 순전히 자신의 완력으로 이 많은 돌을 지고 메고 다녔으니 죽어 나가기가 어디 한 둘 이었을까. 거대한, 최대라는 이름 뒤에는 항상 비명소리와 피 냄새가 묻어있다.

성벽이었던 주춧돌엔 이끼가 자라다 그대로 화석이 되어 꽃무늬를 그리고 있다. 이젠 배추와 파밭이 되어 우리가 모여쳐다 보건말건 밭에서 일하는 머릿수건 쓴 할머니의 무심한 손길. 저렇게 무심한 시간은 이 성벽 곳곳에 베여있다.

콩 이파리 짱아지를 연신 반가워하며 점심을 먹어주는 도반들이 고맙다. 충청도가 고향인 남편은 장모가 보낸 콩 이파리 반찬을 젓가락으로 연신 들었다 놓았다 했다.

"이거 소 먹는 거 아니야?"

구수하다고 먹는 내가 신기하다고 쳐다보았다. 조그만 나라에서 문화의 차이는 크다. 그중에서도 음식의 다름은 상대방에겐 곤혹스러움을 주기도 한다.

납닥바위, 청도 천변 벼랑에 있던 걸 영남대로의 길옆으로 옮겨놓았다. 과거 길의 선비들과 길손들이 주먹밥을 나누어 먹고 헤어졌다는 검은 잿빛 바위엔 감이 떨어져서 도장밥처럼 붉은 반점이 군데군데 붙어있다. 안내판 밑에 청도군수 이름 석자.

늘 느끼는 것이지만 무슨 시비 무슨 비석엔 그때 재직해 있었던 사람들의 실명이 새겨져 있다. ○○○협회장 이라고 끝나면 안 될까. 사람은 항상 바뀌는데 굳이 이름까지 새겨 넣어야 할까?

대적사로 올라가는 동네는 가로수가 온통 감나무다. 홍시도 먹고 떨어진 감도 줍고 감 농사를 갈무리 하는 주민들과 이야기도 나누었다. 구기자 붉은 열매가 담을 장식하고 가을이 농익어 만개하고 있다. 절 입구로 들어서자 가벼워진 낙엽들이 돌돌돌 굴러가고 발밑에 바스락 소리가 적막을 깨뜨린다. 극락전 소맷돌의 특이함이 아기자기하고 정겹다. 거북이, 게가 솔솔 기는 문양에 바다와 먼 이곳의 내력이 궁금해졌다.

조선시대 유명한 절집 스님들이 줄행랑을 놓았다는 양반들의 행차. 반찬이 부실하다고, 보살핌이 부족하다고 내리 곤장을 치니 스님들이 절에 안 남아 났단다. 그중에서도 열하일기를 쓴 박지원 선생은 산행 중 담로를 타고가다 스님의 어깻죽지 피멍을 보고 내려서 걸어갔다고 한다. 그러면 내가 읽은 옛 유람기는 이런 과정이 있어 쓰인 것이란 말인가?

후드둑, 은행 터는 사람을 뒤로 하고 내려오다 낙엽 속에 길게 누워 가을에 묻히는 신소장님을 따라 우리도 길게 앉거나 비스듬히 다리를 뻗어 사진을 찍었다.

올라가는 길에 와인터널을 본 터라 옆으로 살짝 빠져나와 그곳으로 달려갔다. 먼저 온 산강님들의 배려로 일회용 컵에 와인이 있었다. 슬쩍 두 잔을 부어 입술에 대었다.

"와, 이 맛 죽인다."

신샘의 지청구를 듣건 말건 공짜 술과 서늘한 시원함을 포기할 수는 없다. 경부선 단선 터널을 이용한 와인 숙성은 청도군의 아이디어다. 지역 특산물인 감을 와인의 재료로 쓴다는 것 또한 문화산업에 일조를 하는 것이어서, 얼른 한 잔을 들고 따라오는 하루살이를 쫓아가며 제일 어른이신 서 선생님께 진상했더니 대추를 두알 주신다. 주고받고 이렇게 행복해도 되는 건가.

운강고택 문은 닫혀 있었다. 도반들이 담 위로 올라가 대문 밑돌을 치우고 들어갈 수 있었다. 밀양박씨 집이라니 어깨가 으쓱해진다. 뒤늦게 우리의 침입(?)을 안 청도군 해설사의 설명을 들으며 깨끗한 나뭇결이 그대로 드러난 마루며 네모

난 기둥이 반갑다. 정갈한 부엌 살강이며 다락의 구조가 눈에 익숙하다.

이 부엌에서 행주치마에 손을 부비며 한겨울에 동치미를 떠 왔으리라. 불을 지피고 두 개의 여닫이문을 통해 음식을 들였으니 개다리소반에 간장종지가 쪼르르 미끄러지는 동짓달 아침도 있었으리라.

안채에 딸린 다락방은 쓰임과 날짜에 따라 잔치나 명절 때는 가방으로 변했다. 음식의 양을 조절하고 몫을 나누는 가방 보는 책임자는 권력이 막강했다. 다락방 밑에서 음식을 받아내려 상을 차리고 음식이 쪽문을 통하여 사랑채로 나갔다. 남녀유별의 유교문화와 내외하는 관습에서 집 구조는 만들어진다. 디딜방아에 올라 큰 엄마와 같이 찧던 고추며 밀을 떠올렸다.

만화정은 박하담이 벼슬을 사양하고 은거하며 서당을 지어 후학을 가르친 곳이다. 28개의 현판이 있고 대들보는 자연 그대로의 나무라 용트림이 꿈틀거린다. 아래로 보이는 강물은 보기보다 꽤 깊다 한다. 이곳에 앉아 시를 짓고 서책을 읽었을 시간. 청도는 밀양박씨의 집성촌이다.

일 년에 두어 번 도포를 싸서 집을 나서던 아버지가 생각난다. 종중의 일을 보고 오던 날이면 다른 날보다 아버지는 근엄해 보였다. 오늘 이곳에서 보는 이 느낌이었을까.

길이 달라졌다.

운문사 가는 길이 낯설다. 80년대 초 친구의 출가 길을 따라 오던 길은 버스에서 내려 꽤 먼 길을 걸어왔다. 지금은 차에서 내리자마자 고작 몇 백 미터 앞에 절 문이 있다.

일연스님이 이곳에서 삼국유사를 썼다고 한다. 보물317호 사천왕 석주 앞에서 신샘의 설명을 들었다. 귀신사, 미봉사, 석남사는 비구들이 거들내고 간 절을 운문사 비구니 스님이 일으켜 놓았단다. 비구니 스님들 살림솜씨가 맵다는 이야기리라.

만세루 넓은 곳에 스님들이 고추 잎을 훑고 있다. 붉은 고추와 푸른 고추를 나누고 고추 잎으로 짱아지 준비를 한다. 수십 명이 울력을 하는데도 물처럼 자연스럽고 일사불란하다.

인동초 문살무늬가 아름다운 대웅전을 돌아 마당에서 막걸리 몇 말을 먹고 자란 수령 500년도 더 된 아름드리 잘생긴 소나무를 감상하며 물 한잔을 먹었다. 돗자리를 깔고 담소를 나누는 노랑머리 외국인 세 명은 어떤 인연이 닿아 이곳에 앉아 있을까.

상추 잎을 따는 스님들을 보니 먹고 사는 일은 어디에서나 중요하다. 더구나 떳떳하게 먹고 사는 일은 경건한 수도라는 생각이 들었다. 어스름 운문사 저녁 길은 팽나무 황금빛 낙엽도, 서로 기대고 쓰러진 적송들도 쉬려나 보다. 꽃은 남쪽에서부터 오고 단풍은 북쪽으로부터 오니 세상은 이래서 공평하게 돌아가는 거지.

경상도의 추어탕, 안 먹어 본 사람은 그저 맹맹한 맛이라 한다. 이곳 추어탕은 미꾸라지만 사용하는 게 아니고 잡어까지 넣는다. 산초와 풋고추를 듬뿍 넣어서 먹는 맛은 나는 별미인데 다들 별로인 눈치다. 그러거나 말거나 나는 두 그릇이나 뚝딱했다.

이년 전 몸살을 지독히도 치르던 날 청도역 앞에 가서 추어탕만 먹고 오면 벌떡 일어날 것 같았다. 아침에 눈 뜨자 이 생각을 주체할 수가 없어 눈곱도 안 떼고 큰 가방에 필요한 것만 쓸어 담고 터미널로 뛰어 동대구 행 버스를 탔다.

동대구역으로 가서 기차를 타고 청도역에 내렸다. 추어탕 한 그릇을 먹고 두 그릇을 사왔다. 용인에서 왔다고 하니 듬뿍 많은 양을 포장해 주었다. 집으로 돌아오니 저녁 7시가 되었다. 다시 데워 사온 국을 끝까지 혼자 먹으면서 몸살을 이

겨냈다. 거짓말처럼 다시 씩씩한 내가 되었으니 추억은 힘이 세다.

추어탕의 힘이었을까? 뿌리에 대한 확인이었을까? 나는 누구? 정체성의 혼란에서 온 의구심이 고향의 추어탕으로 몸살이 진정되었다. 때론 기억들은 이렇게 질기다. 우리를 곧추세우고 토닥인다. 오늘 걷는 우리땅걷기의 추억 또한 언젠가는 나의 스프링이 되리라 믿는다.

새벽 3시. 도량석을 도는 목탁소리가 들리고 법고, 대종, 목어, 운판의 순서로 모든 생명을 깨운다. 장삼자락을 여미고 오르는 스님들 그림자가 대웅전 계단을 쓸고 있다. 벗어 논 스님들 고무신 코에 제각각 표식이 웃음을 유발한다. 염불소리가 새벽공기로 스며들고 있다. 108배를 올리고 숙연한 몸짓에 나도 가만 합장을 올렸다. 꼭 해내야 하는 원이 있어 열 번 넘게 합장을 하였다. 스스로에게 약속을 다짐하는 의식이 합장이 아닐까?

하얀 달과 카시오페아 별자리가 선명한 하늘에 별은 참 많다. 아제 아제 바라아제―. 알아듣는 불경은 그것뿐이지만 경건한 시간에 동참함이 행복하다.

"어떻게 저 스님들처럼 살 수 있을까요?"

"아이들 키우고 살림 살고, 돈 벌고 우리 사는 것도 만만 찮은 구도의 길이예요."

지인과 대화로 추위를 떨쳐내며 예불이 끝날 때 까지 스님들을 지켜보았다. 잠깐 조는 스님 뒷모습이 정겹다. 예불이 끝나고 스님들이 신발을 신고 하나둘 떠나면서 다른 이의 신발을 댓돌위에 가깝게 놓아준다. 머무르고 떠나는 뒷모습이 아름답다.

땅위에 떨어진 별들을 밟을까 조심스럽다. 캄캄한 도로 중앙선을 따라 40여분을 걸었다. 북두칠성, 작아진 상현달도 숨 가쁘게 우리를 따라온다. 동네 개들이 모두 다 깨어났다. 도시에 살면서 언제 도로 중앙선을 따라 걸을 기회가 없겠지. 팔다리를 크게 흔들며 신이 난다.

산도, 소나무도 감청색이다. 숲 냄새가 쌉쌀하다. 박하사탕 같은 상큼한 공기. 나무도 산도 별들이 해주는 이야기에 귀를 기울이고 있다. 손을 한껏 뻗치면 한줌 별 서리를 할 것 같다. 맑게 씻기는 서늘함 교회종소리가 울리기 시작한다.

"절에서 예불 드렸으니 우리 이대로 교회 가서 예배 볼까요?"

"좋아요, 두루두루 섭렵해야 좋은 데 가지요"

까무룩 따뜻한 방에서 두 시간을 잤더니 몸이 가뿐하다.

고디탕으로 아침을 먹고 운문사 댐 길을 걸었다. 와 ~ 저 물 안개, 뭉툭한 솜뭉치 마냥 이쪽 봉우리와 저쪽 봉우리에 걸쳐 있다. 한가운데를 가위로 뚝 자르면 두 개의 봉우리가 떠내려 가버릴 것 같은 안개뭉치. 간간히 대추를 따 후식으로 먹으며 시원한 아침 길을 걸었다.

　감이 잘되는 곳에 대추도 잘된다고 했던가?

　장연사지 삼층석탑을 찾아가는 길에 우리 모두는 붉은 대추로 마냥 신이 났다. 수학을 거둔 대추밭에 파란 잎 사이로 숨은 대추 찾아 먹기에 모두들 신이 났다. 주머니도 불룩하고 배도 부르고 입안은 새콤 달짝지근 향내가 가득하다.

　감나무 밭 한가운데 있는 장연사지 석탑은 통일신라시대 폐사지다. 군데군데 돌담이 보이고 있지만 두 탑의 규모로 보아 절도 만만치 않았으리라. 경주 감은사나, 익산 정림사지 석탑 앞에 서면 어디선가 목탁소리가 들린다. 주춧돌로 짐작할 수 있는 넓은 절터. 사라졌지만 그래서 더욱 마음으로 그릴 수 있다.

　영남대로를 걷기 시작하였다. 밀양천이 이 삼량진을 향해 가는 것이다. 강은 작은 지류를 만나면 낮은 곳으로 합해서 넓은 화엄의 바다로 간다. 사람은 계속 높은 곳으로 올라가다 벼랑 끝으로 떨어진다. 높은 사람을 들먹이며 자신을 자꾸 높이려 하기 때문에 한 순간에 추락한다.

영남루를 향해 출발. 밀양 아리랑의 본산이고 아랑의 전설이 어린 이곳은 넓다. 모두들 한 시간 이상을 걸은 터라 시원한 마룻바닥에 벌렁 누웠다. 바람도 살랑거리고 편안하다. 현란한 단청과 탁 트인 시야에 한줄기 분수가 솟아오른다.

"점심 안 먹고 싶은 사람 계속 자도록 두고"

이 말에 모두들 벌떡 일어났다. 밥은 먹고 봐야지.

된장찌개, 반찬은 맛있었지만 음식 나르는 사람의 얼굴이 굳어 있어서 우리는 괜히 군식구 밥 먹으러 온 사람들처럼 눈치를 봐야 했다. 자신의 일을 할 때 신명난 사람이 좋다. 사람 맛이 나는 밥집이 나는 좋다.

만연교는 무지개다리다. 물속에 다리가 비친다. 지나가는 사람이 거꾸로 물속으로 걸어간다. 저기 저 앉은 사람이 누구게. 서로 이쁜 자태를 마주보며 잔디로 덮은 만연교를 지나 영산이 한눈에 보이는 영상지구 전적비에 올랐다. 이곳은 독립투사가 많이 나고 전통과 역사가 깊은 곳이란다. 돌아 나오는 길에 만연교 물속에 장미 꽃다발을 보았다. 누가 던져 놓았을까? 아직 꽃빛은 저리 붉은데.

청도는 아버지 고향이다. 청도 차산농악의 상쇠였던 아버지. 외갓집을 오고 갔던 천변, 내겐 추억도 그리움도 많은 곳이다. 나는 청도를 잘 안다고 생각했다. 외갓집 감나무만 보았지 이리도 감이 많았는지, 운문사 댐의 생경한 풍경과 마주했다. 안다고 믿고 있는 것이 얼마나 어리석은가? 정말 알고 있는 것이 무엇일까?

길 위엔 이야기가 있다. 그리고 흔적들이 있다. 감 홍시로 붉게 물들어 있던 길. 은행으로 노랗게 낙인찍히고 뱀 허물이 무늬가 된 길. 미처 굳지 않는 시멘트 길을 새 한 마리가 걸었으리. 종종종 길게 이어진 발자국 잠시 머뭇거리며 흩어진 새 발자국. 여기서 새는 날아갔겠지. 나는 지금 어떤 발자국을 남기고 있는 건가?

이 모두는 나의 거울이 된다. 강물도 안개도 털북숭이 송충이도 허리를 들어 올리며 열심히 자기 길을 가던 한 마리 자벌레도. 자기 것을 나누어 주는 도반들도 나의 거울이다.

9

양반들 납시오

　비에 젖어 추억도 스멀스멀 옆구리를 찔러대며 감상에 푹 젖게 하는 비 오는 날의 여행길. 화림계곡에는 정자가 많다. 뽀얀 산안개가 불쑥 나타나 엷게 흩어지는 경남 함양 계곡, 검푸른 등성이를 드러낸 산들이 장관이다.

　경상남도 함양과 전라북도 장수군 사이에 있는 고갯길. 육십 명이 모여야 고개를 넘었다는 육십령 정자에 올라 아래를 내려다보았다. 구불구불한 길들과, 노랑연두를 띈 들판이 작게 보인다. 나무는 꺾일 듯이 흔들리고 잎사귀도 얼굴을 바꾸어가며 찬비를 받아들인다.

　고려 말 두문동 72현 중에 한분이었다는 전시서가 여생을 보내며 후학들을 가르친 거연정은 방 자리가 장정이 누우면 딱 맞는 사각형 자리다. 도선생을 의식해서인지 현판도 대못으로 박혀있어 민망한 마음을 흐르는 물에게 씻으며 돌아왔다. 뒤돌아본 정자 밑에 낚시를 드리운 아버지와 개구쟁이 아들 두 명이 과자를 놓고 정겹게 앉아 있는 모습에 정자가 따뜻하게 데워지고 있다.

바로 아래쪽에 정여창 선생을 기리는 군자정이 있었다. 퇴락한 회색의 나뭇결들. 12개의 튼실한 다리 위 난간에 연꽃 봉우리가 장식되어 있었다. 정자 앞 너럭바위 물은 청아한 소리를 내며 유장하게 흐른다.

동호정은 화려한 단청이 그려져 있었다. 통나무로 찍어 만든 투박한 계단이 이채로웠다. 임진왜란 때 의주 피난길에 선조를 업고 건넌 장만리 공이 지은 정자다. 학과 물고기 한 마리를 덥석 물고 있는 당당한 용의 단청이 돋보이는 정자였다. 정자는 여섯 명이 어울리면 제격이라 한다.

거문고를 뜯는 사람과 시를 읊는 스님, 바둑 두는 두 사람, 노래하는 사람, 주인장. 이곳에서 시를 읊고 풍류를 즐긴 선비를 떠올린다. 울퉁불퉁하게 옹이진 기둥들을 쓰다듬어 본다. 누군가 이 큰 바위 위에 기둥을 세우고 옻칠을 한 사람들. 그의 못 박힌 손을 잡고 싶었다.

농월정(弄月亭) 가는 길에 키 작은 사과나무는 크리스마스트리처럼 붉은 등불들이 곱다. 작은 키에 웬 사과가 저리도 많은지 붉은 빛깔의 화려함이 비 오는 날에 돋보이는 풍경이다. 농월정은 물이 달빛을 받아 커다란 반석 위를 흐르는 뜻이다. 농월정은 불타 없어지고, 놓여 있던 축대로 쓰인 돌만 보고 맞은편에서 풍광을 다시 보기 위해 다리를 내려왔다.

조선 선조 때 관찰사를 지낸 박명부는 광해군 때 영창대군의 죽음과 인목대비 유배의 부당함을 간언하다 파직되자 낙향하여 은거했다. 박명부가 1899년에 건립했다는 농월정은 누가 불 질렀을까? 착잡한 심정으로 맞은편을 바라보다 푸른 소나무에 왜가리 한마리가 오도카니 앉아있다. 미동도 없이 앉아서 무슨 생각을 할까. 이 빗속에 날아다니는 노란 나비도 날개 짓이 외로워 보인다.

울지마라
외로우니까 사람이다
살아간다는 것은 외로움을 견디는 일이다.
                        정호승 시 수선화에게 중에서

경남 함양 안의면에 위치한 광풍루는 단청이 청록색이었

다. 정자에서 보이는 '용궁다방 영업 합니다' 플래카드가 자꾸 눈에 들어옴은 날씨 탓이겠지. 비 오는 날은 모두가, 용궁이 아닌가? 아네모네 마담과, 왠지 따뜻한 날계란 하나 동동 띄운 쌍화차가 있을 것 같은 그리움에 서성거린다. 광풍루 밑에서 개똥참외를 발견한 탐험가의 즐거움을 가지고 윤 씨 고가로 향하였다.

1918년에 윤대흥이 부인 허삼돌과 함께 지은 집이다. 우리나라 집 구조 중 드물게 여성 중심의 공간으로 배치한 집이라서 불 탄 내부 벽과 천정들을 바라보는 마음이 착잡했다. 부엌으로 오가며 치맛자락이 스쳤던 받침대들에 마음이 뭉근해지며 뻐근해온다. 조선후기 신흥부농의 출현으로 변화 된 사회상이 나타난 고택이다.

건축물 문화재 안전 점검 대장에 2005년 4월 16일 자에 이상 없음이 기록되어 있다. 넘어져 있는 쇠기둥의 표시판을 애써 눈길을 돌리며 기왓장에 피어난 능소화를 보았다. 돌담에 서걱대는 대나무들도 불길이 올라오는 그 뜨거움에 목이 말랐으리라.

나오는 길에 잠시 들렀던 안의초등학교는 옛날 안의현청이었다. 안의현감 박지원의 자취가 서려있는 사적비가 있고 문인석과 무인석이 있다. 쉰 살에 임금 정조로부터 받은 벼슬에 평소 신세진 벗들에게 신세를 갚자니 대부분 죽은 사람이 많았다 한다. 연암선생은 하루 날을 잡아 제사로 그들에게 신세를 갚았다. 연암의 인간미가 돋보이는 부분이다.

수송대는 백제와 신라의 사신이 이곳에서 이별했던 곳이라 한다. 가면 살아올지 돌아올지 모르는 단장의 장소였다. 무지개다리를 건너 거북바위 모양을 하고 있는 아랫단에 무수한 이름들이 석공에 의해 새겨져 있다. 이름 하나하나에 사연이 깃들어 있겠지. 퇴계 이황과 임훈의 시를 비롯해 옛 풍류객들의 시들이 바위에 빼곡히 조각되어 있다.

흐르는 계곡의 물과 소나무의 어울림이 신선이 머물렀다 갔다 해도 손색이 없다. 바위를 씻어 막걸리를 붓고 봄에는 진달래를 띄우고 가을에는 국화잎을 띄운 술을 마시며 풍류에 젖었다는 이 땅의 양반 이야기는 왠지 나와는 거리가 먼 아득한 전설 같다. 꽃 분홍 베롱나무에도 안개가 피어오른다.

정온 선생 생가는 경주 최부자 집 손녀인 종부가 살고 있어 정갈하고 단아했다. 굴뚝이 휘어져 쇠막대기로 받쳐 논 세월만큼 우물도 웅숭깊다. 마당에 있는 숫돌이 정겹다. 종부가 우리들 추임새에 구절판 안주와 포도와 매실주를 내왔다.

환호성과 모두들 낮술에 취한다.

"교만하면 망한다."

"스스로 자긍심을 가져라."

대대로 이어져 온 동계 정온 선생의 죽비 같은 말씀에 정신이 번쩍 난다. 당신 부군이 종부에게 부자 집에서 시집 온 것을 비틀어 말씀했다 한다.

"돈만 많지 양반이 아니라"

"돈보고 장가 온 너네 들은 양반이냐"

이렇게 되받아 쳤다는 종부의 그 당당함에 기가 펄펄 살아 있다. 안방과 마루, 사랑방까지 열어주시며 우리를 흔쾌히 맞아주심에 종부다운 기상이 늠름하다. 생전 처음 먹어보는 구절판의 오이절임과 병아리 솜털 같은 명태 안주가 우리 모두를 행복하게 했다.

경남 거창군 박산골 학살 현장은 1951년 거창 양민학살 사건의 비문이 있는 곳이다. 여기서 517명이 비명에 목숨을 빼앗겼다. 바위 곳곳에 총탄자국이 아직도 선연하다. 비는 계속 바람과 같이 내리고 그 밑에 달개비 푸른 꽃이 웃고 있다.

돌아서 나오면서 떨어진 밤을 주웠다. 바람 탓에 밤은 여기저기 흩어져 있다. 금방 학살 현장의 총탄 자국을 잊는 우리들은 역시 젯밥에 마음이 동한다.

하루 종일 비와 함께 하는 여행이다. 정자를 볼 때마다 나는 기둥을 살폈다. 자연 그대로 용틀임을 하고 있는 기둥. 나무가 가지는 따뜻함이 좋아 안아도 보았다. 그것을 세운 농투성이의 투박한 손길이 그리웠다.

길을 나선다. 떠나기 위해 활시위를 팽팽하게 당긴다. 일상을 즐거이 통과하시라. 마음의 비늘을 툭툭 털고 사금파리같은 시간의 비상을 위해...... 길을 떠난다.